Josepha Mendels

Rolien & Ralien

Quartbuch

Josepha Mendels

Rolien & Ralien

Roman

Mit einem Nachwort von
Roos van Rijswijk

Aus dem Niederländischen von
Marlene Müller-Haas

Verlag Klaus Wagenbach Berlin

Für Emilien Valéry, meinen Enkel

ERSTES BUCH

1
Die Familie Kolar

DER VATER. In seiner rechten Westentasche steckt ein Taschenkamm aus Metall. Mit Staubmäuerchen zwischen den sechs spitzen Zähnen, die immer sichtbar vorragen. Kämmt er sich zufällig tagsüber, rieselt ein Schauer von Babyschneeflocken auf Kragen, Rücken und Schultern seines schwarzen Jacketts. Geht er aus, bewegt sich automatisch eine Bürste über Kragen, Rücken und Schultern; eine Frauenstimme singt die Begleitung dazu. Donnerstagabend um acht Uhr klingelt der Fußpfleger. Er hängt Jacke und Hut an die Garderobe und darüber die Jacke und den Hut seines Kunden, der oben im Badezimmer neben der eisernen Wanne sitzt und seine Füße in einer Schüssel mit Sodawasser einweicht. Ist er damit fertig und die beiden sind oben vereint, wird die Tür eingehakt und abgeschlossen. Später kommt Griet mit Kehrblech und Handbesen und fegt, was einst Nägel, Hühneraugen und Schwielen waren, zusammen. Sie fasst das in ein einziges Wort: Schweinkram.

Am Samstagnachmittag stellt sich die Maniküre ein, ein mageres, rothaariges junges Mädchen. Auch sie verschwindet im Badezimmer, wo wieder die Tür eingehakt und abgeschlossen wird und statt der Füße nun die Hände in Sodawasser weichen. Mutter bringt eine Tasse Tee und holt nach zehn Minuten die leere Tasse wieder ab. Oft wird auch Rolien genau dann mit einer Nachricht zum Vater geschickt. Das erste Mal lief sie einfach so hinein, worauf der Vater sagte, dass sie anklopfen müsse. Also klopft sie nun immer an und sieht deshalb nie mehr, was sie beim ersten Mal gesehen hat. Damals hatte das magere rote Mädchen ihren Kopf so nah an Vaters Kopf, dass seine Nase fast in ihrem rötlichen Lockengewirr verschwand, und ihre Hände waren nicht mit denen des Vaters beschäftigt. Dabei war der Vater brillenlos, hatte ein kindliches, weiches Gesicht. Nach Beendigung (das magere rote Mädchen schleicht verstohlen die Treppen hinunter) ist Griet wieder mit Kehrblech und Handbesen zur Stelle und fegt, was einst Nägel, Nagelhaut und raue Stellen waren, zusammen. Diesmal fasst sie es in das Wort: Dreckszeug.

Die Sonntagnachmittage verbringt er schlafend auf dem altmodischen Kanapee. Manchmal schnarcht er so heftig, dass sein Rücken auf und ab wogt. Rolien nutzt diesen Rücken dann als Schaukel für Tom, ihre unzerbrechliche Matrosenpuppe. Tom hat seinen Spaß, bis das Schnarchen aufhört, dann fällt er mit einem Plumps hintenüber.

Geld bekommt sie von ihm nie, Schläge selten und Naschkram oft (wenn er mit ihr allein ist).

DIE MUTTER. Von der Mutter bekommt sie weder Geld noch Schläge und nur selten Naschkram. Sie empfängt Rolien und deren Schwestern morgens, bevor sie in die Schule gehen, in ihrem Schlafzimmer. Meist liegt sie dann noch im Bett, und ihre blonden Locken breiten sich wie exotische Blumen auf dem Kissen aus. Sie ist freundlich und mahnt sie mit sanfter Stimme, in der Schule gut aufzupassen. Rolien trödelt ein bisschen, damit sie noch einen Moment mit ihr allein bleiben kann.

»Darf ich ein bisschen Parfüm haben?«, fragt sie, oder zuweilen: »Darf ich mir heute deine goldene Brosche anstecken?«, und oft: »Wenn ich in die große Schule gehe, darf ich dann zwei Zöpfe tragen?«

Mittags findet sie die Mutter wieder vor: Sie riecht das Parfüm, und die Goldbrosche schmückt jetzt deren Bluse. Der morgendliche Wunsch, diesen Geruch und diesen Glanz selbst zu besitzen, ist vergessen. Auf ihrem Teller liegen Brot und Honigkuchen, und daneben steht ein weichgekochtes Ei. Sie spielt mit dem weißen, warmen Oval, bis sie es aufessen muss. Am Handwaschbecken im Flur werden die Schwestern noch einmal gekämmt und gewaschen. Dann ist es Zeit für Roliens Mittagsschlaf. Für diesen demütigendsten Moment des Tages wird sie durch das Leuchten entschädigt, das durch die roten Vorhänge um die blonde Mutter herum aufscheint. Die blonde Mutter mit den blauen Augen, der kleinen, geraden Nase und dem Mund, aus dem die Worte kommen, die immer wieder neue Geschichten von damals aneinanderreihen, als Rolien noch ein ganz kleines Mädchen war.

»War ich echt so klein?«

»Ja, so klein, dass du bestimmt zweimal in den Einkaufskorb gepasst hättest.«

»Hab ich echt nicht sprechen können?«

»Nichts außer grr, gu und gaaahh.«

Ein wenig später küsst sie dieser Mund auf Wangen und Stirn. Das ist das Allerallerschönste.

Zwei Hände wühlen durch ihre Locken, Rolien vergräbt alle zehn Finger mit den abgenagten Nägeln in dem blonden Haar und denkt, oder sagt sogar manchmal laut: »Geh nicht fort, oh, geh nicht fort!«

Ach, sie geht doch. Denn unabhängig davon, ob das Abendlicht von Glühbirnen, vom aufsteigenden Mond oder von der untergehenden Sonne kommt oder noch vom Tageslicht mit nur einer Nuance mehr oder zwei Nuancen weniger, unabhängig von all diesen Farbschattierungen erscheint die blonde Mutter in der Realität des Abendessens, dem Zeitpunkt, an dem sich die Familie zusammenfindet, wie ein anderes, fremdes Wesen.

Ach, sie geht doch, denkt Rolien, wenn von der anderen Seite des Tisches (wo der Vater sitzt) harte, zornige Laute ertönen, dem abwechselnd zu tiefe und zu hohe Töne von der anderen Seite (wo das fremde Wesen »Mutter« sitzt) antworten.

Sie geht doch, sie geht doch, denkt Rolien. Auf ihrem Teller liegt grünes Gemüse neben weißem Reis, und wenn sie mit ihrem Schieberchen für die Sauce Kanäle gräbt, in denen die Reiskörner versinken, muss sie nicht hochsehen.

Manchmal dröhnen die Töne so laut, dass das Schieberchen in ihrer Hand erzittert und damit auch ihre Hand am Schieberchen und sogar die Puppe Dora auf dem Kanapee und das Kanapee unter Dora erschüttert wird. Ein Wort der Mutter in einer unverständlichen Sprache – »lesanfants, Marius, lesanfants« – ist meist beim Schokopudding mit Vanillesauce oder beim Grießbrei mit Zimtzucker zu hören, und Vaters »Gesegnete Mahlzeit«. Und dann vergehen achtzehn Stunden, bis Rolien wieder denkt oder manchmal laut sagt: »Geh nicht fort, oh, geh nicht fort!«

DIE SCHWESTERN. Schwestern sind Agnes und Mieke ausschließlich voneinander. Nicht von Rolien. Sie gehören zum Haus, zum Esstisch, zum Spielzimmer und zu ihren schmalen Betten. Nicht zu Rolien. Sie sind immer zusammen, und wenn sie sich mit ihr abgeben, dann in der überlegenen Rolle der Älteren: der Vernünftigeren oder Frecheren.

Agnes' Vernünftigere ist hilfsbereit und geduldig. Ihre Stimme und ihre Gesten sind beschützend und verraten aufkeimende mütterliche Gefühle. Miekes Vernünftigere dagegen befiehlt und schimpft, teilt Schläge aus, zieht an Haaren und versteckt die Lieblingssachen der Jüngsten. Weder die eine noch die andere hat nachhaltig Einfluss auf Rolien. Agnes hinterlässt bei ihr ein Gemisch aus Respekt und Überdruss; Mieke weckt bei ihr Abscheu und Angst. Zusammen aber bringen die beiden die Jüngere auf die Spur ihrer eigenen Vernunft.

Im Frechsein sind sich beide auffallend ähnlich. Sie lassen morgens das Wasser in die Waschbecken laufen, ohne ihre Schwämme einzutauchen, und machen ihre Handtücher nass, damit die Mutter überprüfen kann, dass sie sich gut gewaschen haben. In der Zwischenzeit schlüpfen sie noch nach Schlaf müffelnd in Windeseile in ihre Kleider. Sie schmieren sich, sobald die Mutter ihnen den Rücken zudreht, eine zweite Portion Butter aufs Brot. Wenn die eine nachsitzen muss, erfindet die andere eine Ausrede. Sie wagen es, zu widersprechen und Rolien völlig grundlos zu beschuldigen. Abends lesen sie beim Licht der Taschenlampe im Bett und stellen sich – wenn jemand nach oben kommt – mit zuckenden Lidern schlafend.

Ab und zu beziehen sie die Jüngste in ihren Bund der Frechen ein. Rolien begreift noch nicht, dass die beiden sie brauchen, und kann deshalb nur stolz sein, dass sie mitspielen darf, was vor allem vorkommt, wenn die Eltern aus dem Haus sind. Das Spiel, das gewöhnlich Verstecki genannt wird, dehnt sich zu einem Riesenverstecken aus. Denn anders als atmende Heuberge, weite Wälder, wo sich Hüften und eingezogene Bäuche hinter viel zu magere Baumstämme pressen, wo sich Köpfe hinter Hügel ducken und ein Haarband, eine Tolle oder ein Mützenschirm zum Verräter wird, anders als enge Hauseingänge, zu schmal, um zwei schmuddelige Knie zu verbergen, oder im Vergleich mit Gemüsekarren, die zum falschen Zeitpunkt wegfahren, bietet das dreistöckige Haus unbegrenzte Möglichkeiten. Es ist eine stillschweigende Vereinbarung, dass Rolien *Erster sein muss*. Sie zählt, mit den Händen vor den Augen, bis hundert. Gewissenhaft, entsprechend dem Ticken der Standuhr im Gang, bis fünfzig, danach schnell und vor allen Zehnern die Neun auslassend. Denn Neun ist eine braune Zahl, so eklig braun wie der Donnerstag. Bei achtundneunzig ruft sie: »Ich kohomme« – und noch einmal: »Ich ko-ho-homme.« Und dann kommt sie. In die nächste Nähe der Möglichkeiten. In Schränke, unter Tische, unter und in Betten, hinter und zwischen Vorhänge. Sie läuft von einem Zimmer ins andere, von den Klos zu Griets Alkoven. Hier betrachtet sie interessiert das kolorierte Foto eines nackt auf dem Rücken liegenden Babys und flüchtet beim Aufschlagen der Zudecken vor dem Bettmief, der daraus aufsteigt. Sie ruft abermals, und jetzt hört sie ein Kichern. Es kommt vom Dachboden. Sie öffnet leere Koffer und volle Kisten, spürt dem unterdrückten Lachen nach.

Plötzlich ertönen von unten zwei neckende Stimmen: »Eins, zwei, drei, ich bin frei!«, und sie weiß, was das bedeutet: Sie muss wieder Erster sein, muss wieder suchen. Ihre Tränen fließen, aber Agnes, die Vernünftigere, übernimmt für sie; eine zweite Versteckrunde beginnt. Bei der dritten Runde weigert sich Rolien aufsässig, noch einmal suchen zu müssen, sie vergießt den Rest ihrer Tränen, die aber an den Älteren abperlen, die beide nun die Vernünftigeren geben und ihr auftragen, das Haus in Ordnung zu bringen. Sie muss die Betten machen, die Kisten und Kästen schließen, die Perserteppiche geradeziehen, ohne die Fransen zu berühren, und die Fransen kämmen, ohne die Teppiche zu berühren. Wenn die Mutter die diversen Spuren vom Versteckspiel entdeckt, richtet sie ein paar unfreundliche Worte an die beiden Älteren. Aber die Schwestern trauen sich zu widersprechen und ohne Beweise Beschuldigungen auszustoßen. Und damit verstoßen sie die Jüngste wieder aus ihrem Bund der Frechen. Denn Schwestern sind Agnes und Mieke ausschließlich voneinander. Nicht von Rolien.

2
Spielzeug

Als Rolien aufwacht, steht die Sonne schon am Himmel. Die Katze Nellie liegt am Fußende ihres Betts. Sie stupst das Tier sanft in den Bauch. Aber Nellie will heute nichts von ihr wissen, sie mauzt und schlägt verwirrt ihre Krallen in die rosa Daunendecke. Oh, denkt Rolien, die schöne teure Seide geht kaputt. Sie springt aus dem Bett und ruft in den Gang: »Mutter, Mutter, Nellie zerfetzt das Rosa!«

Als sie mit der Mutter zurückkommt, ist Nellie damit beschäftigt, etwas abzulecken. Das Etwas lebt. Griet wird eilends herbeigeholt, sie bringt das zerfetzte Rosa und die inzwischen drei lebenden, tropfenden, abgeschleckten Winzlinge in einen leeren, unbewohnten Alkoven. Als Rolien ihnen kurz darauf einen Besuch abstattet, zählt sie schon fünf. Jetzt hat sie zu dem vielen Spielzeug, das sie neulich beim großen Hausputz von den Schwestern geerbt hat, noch fünf Kätzchen bekommen. »Danke, liebe Nellie«, sagt sie, »könntest du bitte noch viel öfter Kinderkriegen spielen?«

Die Kätzchen wachsen, und die Puppen leiden. Sie werden zwar rechtzeitig gewaschen, angezogen und gefüttert, aber ansonsten sitzen sie manchmal zwölf Stunden am Stück kerzengerade und mit der Schultasche unter dem Arm unten auf dem Lavabo, um von dort eilends in ihre Notwiege, eine gesprungene Schüssel, gebracht zu werden. Auch auf den Gute-Nacht-Kuss warten sie derzeit vergeblich, und das nur, weil man bei Morle und Pünktchen das kleine Herz in der Hand klopfen fühlt und weil sie aus unter Nellie verborgenen Fläschchen trinken und überall im Alkoven echtes Aa machen, ohne dass man es selber basteln muss, und weil sie balgen und kratzen und echte Töne von sich geben. Aber warum glotzen einen diese dummen Glasaugen jetzt so an, dass einem innendrin ganz mulmig wird? Die blonde Emmie, das stille Kind, blickt verächtlich unter ihren langen Wimpern hervor, und Dora mit den schwarzen Haaren, ihre Lieblingscharakterpuppe, tut gerade so, als würde sie nichts verstehen, wenn sie freundlich nachfragt, ob sie gut gelernt hat.

Deshalb rebelliert Rolien gegen die kleinen Menschen aus Kleie, Holz und Porzellan, gegen die unechten Zöpfe, die sich neben dem jungen, flauschigen Katzenhaar hart und trocken anfühlen. Sie gibt Dora grundlos eine Tracht Prügel dorthin, wo der Po sein sollte; die Scharniergelenke wehren sich, und Dora verliert im Kampf ihr rechtes Bein. Um es wiedergutzumachen, geht Rolien mit all ihren Kindern in den Zirkus, wo sie Bärchen und Affe auftreten lässt. Und bevor sie an diesem Abend alle miteinander in der geborstenen Schüssel im Kreis schlafen legt, wäscht sie ihr Gewissen rein: »Die Kätzchen, das müsst ihr doch verstehen, die sind noch so klein, deswegen mag ich sie so sehr. Aber sie werden größer, und ihr nicht, und wenn sie groß sind, drehen sie sich nicht mehr nach mir um, aber ihr, ihr braucht mich doch für immer, stimmt's?«

Dora verbeugt sich zweimal und singt ein klägliches: »Mama ... Mama ...«

»Du verschlafener Faulpelz«, sagt sie zu Morle, der still in einer Ecke des Alkovens liegt, »ich such dich überall, warum versteckst du dich denn, du Frechdachs?« Sie streicht über sein Köpfchen und schaudert. Dann streichelt sie ihn mit der anderen Hand über den Rücken, schaudert abermals und muss dreimal schlucken, bevor sie wieder atmen kann. Morle schläft nicht einfach, Morle bewegt sich nicht, Morle kann sich nie mehr bewegen. »Leblos, leblos«, sagt sie laut, und dann wieder: »Ohne Leben«, noch ein Wort mit los, wärmelos, noch eins, spiellos, und zusammen leblos. Eine tote Katze wird irgendwo im Garten, an einer Stelle, die sie dir nicht sagen, in der Erde vergraben. Dann musst du auch nicht mehr daran denken. Und du hast ja noch Nellie und die vier anderen. Die führen kurz darauf vor, wie man eine Maus fängt. Sie pressen ihre Füße auf eine Steinstufe, damit sie nicht weglaufen kann, und lassen sie quieken. Dann ziehen die Kätzchen zu einem Cousin von Griet, nur Nellie bleibt da. Die Puppen bekommen wieder einen Gute-Nacht-Kuss, und Rolien kostet es aus, Nellie zu trösten, die im ganzen Haus nach ihren Jungen sucht, ja sogar bis in den Vorgarten der Nachbarn. Roliens Arm ist zu kurz, um das Tier durch die eisernen Gitterstäbe zurückzuholen. Der Arm eines großen blonden Mannes mit freundlichem Gesicht ist länger. »Vielen Dank«, sagt Rolien, aber warum … Der Mann läuft eilig davon, mit Nellie in dem Jutesack über seiner Schulter.

»So etwas ist Diebstahl«, erklärt ihr die Mutter.

»Aber das darf man doch nicht machen, und wenn man es trotzdem macht, dann ohne dass einen jemand sieht.«

Dann stellt sich heraus, dass im Naschkästchen sehr viel weniger Süßigkeiten liegen, als laut Statistik da sein müssten. Der Verdacht fällt auf Rolien. Schließlich ist sie versessen auf alles, was süß ist oder so aussieht. Sie kann an keiner Konditorei vorbeigehen, ohne Tirelireli zu trällern, etwas, das sie unter anderen Umständen selten oder gar nicht tut, weil ihr zu oft gesagt wird, dass sie den Ton nicht halten kann. Agnes und Mieke antworten beim Verhör, ohne die Miene zu verziehen oder sich durch ein anderes Lügensignal zu verraten. Ohne mit der Wimper zu zucken, gibt Rolien sofort zu, dass sie genascht hat, und ist erfreut zu hören, dass so etwas ebenfalls Diebstahl heißt. Auch wenn dir dabei ein bisschen das Herz klopft, du hast es gekonnt, es liegt allein in deiner Macht, schlimme Dinge zu tun oder nicht.

Natürlich ist es sehr viel schlimmer, die liebe Nellie zu stehlen, als saure Drops zu lutschen, die ein anderer hätte lutschen sollen. Und außerdem wollte sie es sowieso nach drei Tagen beichten, aber ihre Mutter war schneller. Jedenfalls kann sie von jetzt an alles, was sie will, selbst erleben. Und hat damit einen Sieg über dieses minderwertige Kind-Sein errungen.

Da sitzt eines Tages ein Mischling vor der Tür. Griet holt ihn herein, Mutter legt ihn in ein rundes Binsenkörbchen und nennt ihn Molli. Molli verschafft ihr neben all dem, was ein Hund so mit sich bringt, eine neue Erkenntnis. Und auch hier erlebt sie die Machtlosigkeit, die für jeden Gutgläubigen die natürliche Folge einer jeden Täuschung ist. Denn Molli, der weder schön noch intelligent oder besonders anhänglich ist, lässt sich verhätscheln und necken, ohne dafür etwas zurückzugeben außer seinen zweifelhaften Geruch und die Weichheit seines sinnlos gefleckten Fells. Rolien reicht das vollkommen. Minutenlang schmiegt sie ihre Wangen an seine warmen Schlappohren, während Molli ihr die Hände sauberleckt. Das alles geschieht heimlich, und Rolien weiß sehr wohl, warum. Ein Tier ist nun mal nicht so sauber wie ein Kind, oder zumindest wie ein großer Mensch ein Kind gern hätte. Doch wie um alles in der Welt kann eine Mutter überhaupt daran denken, wenn man einfach so gern mit dem Kopf auf dem Hunderücken liegt und vor sich hin phantasiert? Nichts fällt schwerer, als das sein zu lassen, was man so angenehm findet, und mitten in ihren Phantastereien erhebt sich störend die Frage, warum es sich gerade besonders angenehm anfühlt, wenn es verboten ist. Ihr ist auch klar, dass sie damit aufhören könnte, wenn sie es wirklich wollte, aber weil sie sich sowieso lieber gehen lässt, beginnt sie gleich damit, ihrem Durchhaltevermögen jede Energie zu entziehen. Und dann unterbricht sie erneut ein Gedanke, und zwar, ob sich das für Molli genauso angenehm anfühlt wie für sie. Da nach wiederholtem Fragen keinerlei Reaktion erfolgt, beschleicht sie plötzlich der Gedanke, dass der Hund sie mit seinen kleinen Triefaugen vielleicht gar nicht so sieht, wie sie in Wirklichkeit ist, sonst würde er ihr doch bestimmt mehr Beachtung schenken.

Sie trägt ihn auf dem Arm zu dem großen Spiegelschrank im Gästezimmer. Dort wird sie unversehens im Spiel der Sonnenstrahlen gefangen, die über Fenster- und Spiegelglas funkelnde Lichter in ihren Locken tanzen lassen. Sie lacht sich mit Augen und Mund zu und sagt, ohne ihr Spiegelbild auch nur einen Moment aus den Augen zu lassen: »Das hier ist dein Frauchen, dein liebes Frauchen«, und wieder betört sie das zarte, flüchtige Funkeln, das sich mit dem stolzen Hin- und Herwenden des Kopfes bewegt und sie berührt, wie eine Fee sie berühren könnte.

Was dann passiert, hat sie nie richtig begriffen, aber ein paar Wochen lang profitiert sie von ihrem Talent, so natürlich und mitreißend zu erzählen und den Unfall auszumalen – wobei noch hinzukommt, dass die Wunde unter ihrem rechten Auge sehr langsam abheilt –, dass es ihr immer wieder gelingt, zum Gesprächsmittelpunkt zu werden.

3
Ralien und Rudolf

Mit großer Hingabe kehrt Rolien nach dieser Reihe von Erfahrungen mit lebendem Spielzeug wieder zu ihren Puppen zurück. All die vorübergehend verschmähte Kleie, die Holz- und Porzellanköpfe entführen sie wieder in die grenzenlose Welt der Phantasie. Diese Rückkehr ist umso bemerkenswerter, weil sie ihr Spiel von nun an bewusst spielt. Nicht das Spielzeug bestimmt, sondern eine andere, nah verwandte Rolien, die sich ständig in ihr Denken und Tun drängt.

»Und sie nennt sie heimlich Ralien«, diktiert ihr zweites Ich.

»Ich denke in Büchersprache.« Mit diesen Worten versucht sie ihrer Mutter diese Stimme zu erklären. »Wenn ich Doras Haare kämme, sagt jemand in mir: ›Jetzt nahm sie den Kamm und kämmte das lange schwarze Ziegenhaar ihrer Lieblingspuppe. Draußen war schönes Wetter, deshalb setzte sie ihr ein hellblaues Mützchen auf.‹« »Ich bin es so leid«, klagt sie ein anderes Mal, »ich fange schon an, in Sätzen zu träumen.«

Agnes und Mieke hatten sich nie so komisch benommen, die Mutter auch nicht, und der Vater ganz bestimmt nicht; pädagogische Schriften brachten auch keine Lösung, deshalb bleibt nur, sich über sie lustig zu machen. Vor allem bei Tisch: »und dann häufte Rolien wieder einen Berg Marmelade auf ihr Brot. Sie bekam davon ganz aufgeblähte Wangen.« Daraufhin wirft Rolien Mieke dieses Marmeladenbrot ins Gesicht. Zur Strafe gibt es eine Woche lang keine Süßigkeiten. Aber es hat gewirkt, denn keiner wagt es mehr, sich über Ralien lustig zu machen.

Die Zeit ist vorbei, in der die Puppen nur für ihr eigenes

Glück lebten; nun wird mit ihnen experimentiert. Denn warum sollte Emmie nicht genau wie Nellie Kinder kriegen können? Zur Ermunterung legt Rolien die Puppe nicht mehr in die Wiege, sondern ans Fußende ihrer eigenen rosaroten Daunendecke. Wenn Griets Wecker sie jetzt am frühen Morgen weckt, will sie nicht mehr einschlafen. Sie nutzt die gewonnene Stunde, um die Puppe mit den Füßen hin und her zu schaukeln. So wurden schließlich auch die Kätzchen geboren. Manchmal rennt sie plötzlich schnell weg, in den Gang. Vielleicht will Emmie sie überraschen. Dort wartet sie dann, aber nach mehreren Enttäuschungen gibt sie schließlich auf. Eine Puppe bleibt eine Puppe und kriegt somit keine Kinder.

»Und dann holte sie den Arzt«, sagt Ralien, um ihr noch eine Chance zu geben, »und er untersuchte das Puppenkind.« Rolien hüllt sich in ein Bettlaken und klopft mit ihrer Zahnbürste den rosa Körper ab. Sie beklebt ihn mit buntem Metallpapier, zieht es wieder ab, pinselt die Oberschenkel dunkelgrün und die Waden rot, mit kleinen Herzchen. Weil ihr nicht klar ist, was für Kinder Emmie kriegen könnte (lebende oder welche aus Streichhölzern), gibt sie dieses Projekt ohne großes Bedauern auf und beschäftigt sich jetzt ganze Nachmittage damit, die Nacktheit der kleinen Menschenimitate zu studieren. Dass der Matrose Tom und die kleine schwarze Puppe Jackie genauso glatt und ungestaltet sind wie die Mädchen, fällt ihr nicht besonders auf. Den Geschlechtsunterschied erkennt sie am Haarschnitt und vor allem am Gesichtsausdruck. Tom und Jackie haben immer einen sehnsuchtsvollen Blick und die Mädchen einen so glücklichen, als bräuchten sie nichts mehr ersehnen. Mit Ausnahme von Dora, der griesgrämigen Charakterpuppe, die sie am liebsten mag. Nachdem die makellosen Nacktfiguren mit Gucklöchern durchbohrt sind, und weil sie Zusammenbrüche vermeiden möchte, macht sie aus den Jungen in rosa Seide gekleidete Mädchen und aus den Mädchen Jungen in Matrosenhosen. Weil aber die Matrosenhose nach Sehnsucht und die rosa Seide nach Glück verlangt, versetzt sie alle – nach dem Motto Jungs sind nun mal Jungs und Mädchen Mädchen – wieder in ihren natürlichen Zustand zurück.

Ihr Vater teilt diese Auffassung keineswegs. Er beschäftigt sich nicht oft mit ihr, amüsiert sich aber dann und wann damit, sie alle möglichen schwierigen Wörter verwenden zu lassen. Ihr ist ein großer Wortschatz angeboren. Sie lässt sich weder von *dessen ungeachtet,* noch von *nichtsdestotrotz* oder *obgleich* aus dem Konzept bringen. Aber bei »*Wie läuft es denn so?*« schaut sie hilflos zu ihm auf. »Ist das Reisen gemeint?«, fragt sie.

»Apropos reisen, möchtest du vielleicht nach Paris, Rolien?«

»Nein«, antwortet sie, »lieber nach Amsterdam, denn dort kann ich mich nicht unterhalten.«

»Aber wolltest du vielleicht nach Paris, um dort einen Jungen aus dir machen zu lassen?«

»Einen Jungen?«, wiederholt sie überrascht.

»Ja, das geht wirklich. Aber das muss vor deinem zwölften Geburtstag passieren. Und dann kommst du in einem grünen Cordanzug zurück.«

Jetzt kommt ihre Mutter herein. »Und mit kurzen Haaren«, schiebt Vater nach. Dieses kleine Gedankenspiel schenkt ihm die kindliche Befriedigung, sich für einen Moment einen Sohn herbeiphantasieren zu dürfen. Dass er diese Worte auch an sein Kind gerichtet hat, entgeht ihm. Genauso deren Wirkung. Die meisten Eltern säen wie er mit leichter Hand den ersten Samen, aus dem eine düstere, mächtige Pflanze erwächst, die Einsamkeit. Und trifft deren Schatten sie dann unverhofft, stoßen sie in naiver Verwunderung irgendwelche Sätze heraus, der Art: »Wie kommt unser Kind nur dazu … um Himmels willen, von wem hat sie das bloß?«

Am Abend, nach dem Ausziehen, stellt sie sich nackt vor den Spiegel. »Ich heiße Rolien«, sagt sie. »Und danach werde ich Rudolf heißen. Aber was werden sie dort an mir verändern?« Ihre Hand streift über ihre Brüstchen, umschließt die zaghafte Wölbung, streicht über ihre schmalen Schenkel. Sie entdeckt die ersten flaumweichen Härchen und denkt: So etwas haben die Puppen doch nicht. Sogar die alte Mutterpuppe ist weiß und glatt, aber ich hab es wohl ... Ich hab es wohl. Das Streicheln ihrer eigenen kühlen Finger auf ihrer warmen Haut ist etwas sehr Angenehmes. Sie wiederholt es an den folgenden Abenden. So wird es zum Spiel. Zu ihrem Spiel, das sonst keiner auf der Welt kennt ...

Dann überlegt sie, nicht ohne Bedauern, dass ein erwachsener Rudolf unmöglich Mutter sein kann. Wenn Vaters Plan aufgeht, muss sie sich einen anderen Berufswunsch ausdenken.

Sie hat gerade beschlossen, Arzt zu werden, als Marguérite, der französische Besuch der Nachbarn, sie auf andere Gedanken bringt. Rolien lauscht gern den wunderlichen Pariser Geschichten, die ihr Marguérite in einem ebenso wunderlichen Niederländisch auftischt. Aber immer irgendwo dort, wo keine ihrer Schulfreundinnen sie sehen kann. Denn Marguérite hat so komische, vornehme Kleider an, den Kopf voll unechter Locken, eine gepuderte Nase, rosa lackierte Fingernägel, und sie verbreitet, wo sie geht und steht, einen seltsam süßlichen Geruch. Deshalb lotst sie Marguérite, nach deren alberner Begrüßungsverbeugung vor ihrer Mutter, immer möglichst schnell in den Garten, in eine sichere Ecke im oder hinter dem Schuppen.

»Weißt du«, beginnt Marguérite heute, »wer in Paris die nettesten Männer sind? Ich weiß es von Rosy, unserem früheren Dienstmädchen, und der kann man glauben.«

»Nein«, antwortet Rolien. »Und ich will sehr gern ein netter Mann werden.«

»Heißt das nicht kriegen?«, fragt Marguérite.

Und Rolien, ohne weitere Erklärung: »Nein, werden.«

»Sie sind nicht distinguiert, aber witzig. Wenn Maman ein Diner gibt, sind sie sehr distinguiert, aber lachen gibt's nicht. Und nie tun oder sagen sie etwas, um mich zum Lachen zu bringen. Doch über Rosys Mann lacht man sich schief. Außerdem ist er mutig. Allerdings nicht vorsichtig, denn jetzt ist er tot. Rosy sagt, das ist nicht so schlimm, ihr Temperament war ohnehin zu verschieden. Ich weiß nicht genau, was das bedeutet; ich denke mir, dass er sie nicht fest genug geküsst hat.«

»Aber was war er denn eigentlich?«

»Clown und Akrobat bei einem Wanderzirkus.«

Rolien ist enttäuscht. Zwischen distinguiert und Clown gibt es unendlich viele Berufe.

Und Ralien sagt: »Sie starrte düster vor sich hin. Mit einem Mal sah sie die beiden großen Pfosten neben dem Schuppen, an denen mit Ketten befestigte Ringe hingen. Und ihr Gesicht hellte sich auf. Was Rosys verstorbener Ehemann konnte, das kann sie auch, nur ohne zu sterben.«

»Warum sagt du nichts?«, fragt Marguérite ungeduldig.

Rolien geht zu den ledernen Turnringen, nimmt einen großen Anlauf. »Glaubst du«, fragt sie, gibt Schwung und ruft, »glaubst du wirklich, dass ich das auch werden kann?« Sie verschränkt die Beine über dem Kopf, macht ein Vogelnest. Und mit feuerrotem Vogelköpfchen und funkelnden Augen ruft sie: »Jetzt den Todessprung!« Sie schwingt sich so hoch, dass ihre Zehen das Grün der Kastanie berühren; dann lässt sie jäh die Ringe los und fällt vornüber ins hohe Gras.

Marguérite drückt die rosa Fingernägel in ihre Handflächen: »Pauvre chérie, tu t'es fait mal?«

»Bist du verrückt? Ich habe mir einen wunderbaren Plan ausgedacht. Wir geben zusammen eine Zirkusvorstellung, gegen

Eintritt, und von dem Geld, das wir kassieren, nehme ich Akrobatikunterricht.«

Der Garten steckt voller Überraschungen. Nicht nur, dass am Festabend dort überall Gänseblümchen und Butterblumen blühen, auch das Licht, das die Windlichter verbreiten, gibt den Blättchen der Rosensträucher einen blau-silbrigen Glanz, wodurch die Rosen an Muscheln erinnern und Rolien sogar einen Augenblick lang wünscht, die Vorstellung würde von höherer Stelle abgesagt, damit sie die Blumen und das Licht für sich allein haben kann. Aber nur für einen Augenblick, denn dann versetzt sie Marguérite, im dottergelben Badeanzug, mit einem von ihrem Cousin geliehenen Akrobatenkostüm (einer langen Hose von Jaeger mit dazu passendem, reich mit Mottenlöchern verziertem Hemd) in Verzücken und Verwirrung. Alles hängt in weiten Falten um Rolien herum, zusätzlich wickelt sie sich in ein verregnetes Fahnentuch.

So empfängt sie die Gäste an der Gartenpforte. Dora und Emmie baumeln an Mutters Arm. Niemand verweigert den Cent Eintrittsgeld, für den ein weiß nummeriertes Kärtchen überreicht wird. Dass einige der Besucher mehr erwarten, als ihnen für diesen einen Cent geboten werden kann, beweisen die achtundzwanzig Kupferstücke, die in dem rosa Fingerschälchen liegen, nachdem fünfzehn Nummern ausgegeben wurden. Dass sich auch Rolien mehr von diesem Abend erhofft hat, beweist ihre Niedergeschlagenheit am Ende des so begeistert begonnenen Fests.

Und trotzdem … zunächst einmal war jeder nett. Zum Beispiel Fräulein Vola, unsere hochgeschätzte Hausfreundin, wie Vater sie nennt. Denn während Rolien, kopfüber an den Ringen hängend, heimlich über die violetten Strumpfbänder lachte, die sie um deren unförmige Knie entdeckt hatte (wie schön stachen dagegen Mutters runde Knie in den schimmernden Strümpfen und die kurzen, glattgeschmirgelten Puppenbeine ab), hörte sie auch Vola lachen, ein fröhliches Kichern, und während sie langsam bis hundert zählte, bevor sie absprang, hörte sie die Bemerkungen: »Was ist das nur für ein merkwürdiges Kind«, und zu Roliens Vater: »Marius, deine Tochter hätte eigentlich ein Junge werden sollen.« Als sie benommen und wohlbehalten wieder aufrecht stand, versprachen Fräulein Vola und auch ihre Mutter, sie bei nächster Gelegenheit in einen richtigen Zirkus mitzunehmen. Nein, an den Erwachsenen hat es heute Abend bestimmt nicht gelegen. Sie schienen sich so zu amüsieren, dass sie ihren unausstehlichen, beschützenden Tonfall ganz und gar ablegten. Und es lag auch nicht an Marguérite, die sich instinktiv völlig im Hintergrund gehalten hatte. Und nicht einmal an dem berüchtigten Todessprung, der misslang, weil der vernünftige Teil von Agnes ausgerechnet in diesem Augenblick schrie: »Lass das, Rolien, oh bitte, lass das sein!« Das Geschrei erschreckte Rolien so, dass sie eine Vierteldrehung zu früh absprang und mit dem Kopf auf der Samtweste des Notars von gegenüber landete; er griff ihr daraufhin ins Haar, zog sie an den Ohren, küsste sie mitten auf den Mund und sagte, selbst wenn sie zehn Jahre älter wäre, wüsste er immer noch nicht, was er tun solle. Am Ende hatten sich alle so höflich bei ihr bedankt, als ob sie es ehrlich meinten.

Marguérite erwartet sie mit dem rosa Fingerschälchen und den achtundzwanzig Cents.

»Weißt du schon, wer dein Professor sein wird, Rolien?«, fragt sie interessiert.

»Professor?«, gibt sie abwesend zurück, und dann: »Oh nein, ich werde keinen Unterricht nehmen, ich werde kein Akrobat. Und hier, die Hälfte ist für dich.«

Worauf Marguérite froh mit der unerwarteten Beute nach Hause rennt.

4
Experimente mit Leben und Tod

Sie bleibt nun allein zurück, ein mageres kleines Mädchen in einem schmuddeligen Fahnentuch; allein mit den ausgebrannten Windlichtern und dem Gras mit den zertretenen Gänseblümchen und Butterblumen. Fern ist jetzt die stille Freude, die der Begeisterung des Festabends voranging. Die Unordnung entmutigt sie, aber wie kann sie dem entkommen? Es ist wie damals, als sie bei dem Katz-und-Maus-Spiel wie angenagelt dastand, obwohl sie am liebsten weggerannt wäre. Sie streckt die Arme nach den Rosen aus, doch die Blütenblätter sind bereits geschlossen und duften unbekannt nach Nacht. Dann stößt ihr Fuß gegen etwas Hartes. Sie bückt sich und greift in Doras langes schwarzes Haar; sie reißt sich das Fahnentuch vom Leib und wickelt die kalte Lieblingspuppe damit ein. »Rolien!«, ruft ihre Mutter, »ich habe im Garten eine Puppe verloren.«

»Verloren«, antwortet Rolien, »hast du auch schon mal ein Kind verloren?«

Nun lacht die Mutter, in dem Augenblick, in dem sie selbst weint; zwar nicht so weint, dass man es hören oder sehen kann, aber das muss die Mutter doch begreifen. Und hat dieses Lachen, das sie sonst (wegen der zwei perlweißen Reihen) so liebt, jetzt nicht etwas Spöttisches? Später im Bett gibt es keinen Grund zu schlafen, aber gute Gründe, wach zu bleiben und an die unförmigen Knie von Fräulein Vola zu denken, wobei sie es jetzt bedauert, dass sie die Knie nicht kurz angefasst hat, um genau zu wissen, wo der Knochen anfängt und das Fleisch aufhört. Auch der warme Mund des Notars kehrt zurück, mit diesem kitzelnden Schnurrbart auf ihren Lippen. Und wieder hört sie: »Rolientje, selbst wenn du zehn Jahre älter wärst, wüsste ich immer noch nicht, was ich tun sollte.« Was würde er dann tun, und warum sollte er es jetzt noch nicht wissen? Und nein, Akrobatin will sie nicht mehr werden, und das mit Paris wird natürlich auch nichts, Vater sagt öfter solche Sachen, und Mutter … wie hat sie nur die arme Dora im Garten vergessen können, und wie konnte sie danach auch noch darüber lachen? Dasselbe Lachen wie nach einem Streit mit Vater, wenn sie seine Krawatte neu bindet. Und trotzdem bleibt sie stolz auf ihre Mutter: Wenn die sie von der Schule abholt, ist sie schließlich immer die Schönste von allen Müttern. Und für ihren Vater schämt sie sich weiterhin: Er spuckt auf die Straße, direkt neben sie, einmal sogar auf ihre weißen Schuhe. Sie hat sie danach nicht mehr anziehen mögen, konnte es der Mutter aber nicht sagen, sonst wäre die Mutter wieder böse auf Vater geworden, und das ist schlimmer als alles andere. Morgen wird sie Marguérite den Akrobatenanzug zurückgeben. Komisch, die Hose wird vorn zugeknöpft, das hat sie noch nie gesehen, sie wird sich auch so eine wünschen. He, da sind sie ja wieder, diese komischen Knie, nun sind sie an Mutters Beinen, nein, Mutter, du hast schlanke Beine, aber du hast falsch gelacht. Du begreifst nicht, dass Dora lebt, auch wenn sie keine Kinder kriegen kann, und sterben kann, genau wie die Gänseblümchen und die Butterblumen. »Liebe, liebe Dora« (sie drückt einen Kuss auf das harte Puppenhaar), »du hättest tot sein können wie das Kätzchen, aber nun du lebst noch. Du lebst noch, denn du bewegst deine Arme und du küsst mich zurück, nicht so eklig wie der Notar, sondern ganz zart. Was sagst du, mein Schatz? Du willst nicht, dass deine Mutter Rudolf heißen soll? Aber nein, ich bleibe Rolien und dein Mütterchen, und später werde ich eine richtige Mutter. Oh, jetzt weiß ich's, vielleicht hätte der Notar mich in zehn Jahren zur Mutter machen wollen. Aber was auch immer passiert, selbst wenn aus mir achtzehn echte Kindchen herauskommen, darfst du trotzdem bleiben und mit ihnen spielen, du musst mir nur versprechen, dass du nie sterben wirst, auch nicht, falls meine dumme Mutter dich nochmal draußen liegen lässt. Ach Dora, du sollst nie sterben ...«

Und während Rolien Dora dann in ihre Achselhöhle bettet und viermal hintereinander sagt, jedes Mal mit der Betonung auf einem anderen Wort, »Dora wird nicht sterben müssen«, und schläfrig überlegt, ob sterben müssen zusammengeschrieben wird, kommt Ralien (und Roliens Herz hämmert bei diesem unerwarteten Besuch) und wiederholt noch einmal, mit der Betonung auf nie: »Dora wird nie sterben müssen, wenn du, Rolien, tust, was ich dir sage:

Steig aus dem Bett,
drück auf den Lichtschalter,
nicht auf das weiße Lämpchen,
sondern den schwarzen Schalter,
halte den Schalter
zehn Sekunden lang fest.«

Rolien schält sich zitternd aus ihren Decken, schlittert mit nackten Füßen über das Linoleum.

»Eins, zwei, drei, vier ...«

»Viel langsamer,
öffne die Lade an dem hohen Schränkchen,
genau, so ...
mach eine tiefe Verbeugung,
eine Tanzstundenverbeugung,
über die die Jungs gelacht haben,
weil du anders bist
als alle anderen,
noch einen Moment, einen kleinen Moment,

öffne die Lade an dem niedrigen Schränkchen
und halte dein Nachthemd wie ein Ballkleid.«

Jetzt sieht sie in den Spiegel und erschrickt vor dem bleichen Gesicht. Dann lässt Ralien diese feindselige Anrede in der zweiten Person sein und fährt mit ihrer vertrauten Bücherstimme fort: »Sie stolperte fast, so schnell lief sie nach dieser bangen Begebenheit in ihr Bett zurück, wo Dora wieder in ihre Achselhöhle kroch.«

Als Rolien im Winter darauf mit Dora im Schnee spielt, warnt Fräulein Vola sie: »Rolientje, zieh deiner Puppe doch ein Mäntelchen über, sonst holt sie sich noch den Tod.«

»Das kann nicht sein«, antwortet Rolien, und sie denkt an die Sommernacht, in der Ralien Doras Leben gerettet hat. Denn dieses den Schalter Festhalten und dieses sich vor Schubladen Verbeugen und dieses Nachthemd in ein Ballkleid Verwandeln, das sie mindestens dreimal pro Woche wiederholt, bürgt für Doras Leben.

Bevor sie nachmittags zur Schule geht, lässt sie die Puppe im weißen Garten zurück. Es ist barbarisch, sie zu verlassen: Schon kleben die ersten Schneeflocken auf den pechschwarzen Haaren, eine große Flocke auf dem roten Mund küsst sie noch rechtzeitig weg. Und sie ist bereits am Ende der Straße, als sie noch einmal zurückläuft. »Dora«, sagt sie, »das ist ein Test. Nichts weiter als ein Test, ob Fräulein Vola recht hat oder Ralien. Es muss sein, und glaub mir, ich bin wirklich nicht böse. Später, wenn du alt genug bist, werde ich es dir ausführlich erklären.«

Doras eines Auge, das noch nicht eingeschneite, blickt sie freundlich verstehend an. Vier Stunden später kommen dieses eingeschneite Auge und der restliche perfekte Puppenkörper wieder vollkommen unversehrt aus der weißen Schicht hervor, neben dem Baum, in den Marguérite einst ein Herz mit einem Pfeil und zwei Buchstaben geritzt hatte.

Im nächsten freien Aufsatz, in dem es um etwas Aktuelles gehen soll, schreibt Rolien über Schneemänner und eingeschneite Puppen: »... sobald es zu tauen beginnt, bleibt von einem Schneemann nichts übrig; aber die eingeschneite Puppe bekommt nicht einmal eine Erkältung, und deshalb sterben Puppen nie« (deshalb und nie unterstrichen) »und deshalb können sie nur zerbrechen oder kahl werden ...« Danach, wieder in Klammern ... »(Kinder können sie auch nicht kriegen)«. Als die Lehrerin die Aufsätze in der Woche darauf zurückgibt, reicht sie Rolien das Heft, doch ohne wie üblich ihren Aufsatz laut zu loben. Ihr spitzer rosaroter Nagel deutet auf die Buchstaben am Seitenende. Und Rolien liest: »Sowohl Tod als auch Geburt sind keine Aufsatzthemen für elfjährige Mädchen.«

5
Eine Frau

Diese Zeilen sind für sie der Beginn eines neuen Lebensabschnitts; sie bedeuten nicht nur das nahende Ende der goldenen Puppenzeit, das jegliche Rückkehr zu Holz und Kleie ausschließt, sondern ebenso den schwungvollen Beginn – mit einem Schwung, der ihr Angst macht – einer neuen Phantasterei, der in Ermangelung von vorgeformtem Spielzeug keinerlei Grenzen mehr gesetzt werden. Auf ihre Frage, worüber sie denn überhaupt schreiben dürfe, antwortet Fräulein Balto: »Das werde ich dir gleich sagen.« Als gleich jetzt ist, sagt sie (hört Ralien das richtig?): »Komm heute Abend um sieben Uhr zu mir. Ich wohne am Velperplein 2, zweiter Stock, zweimal klingeln.«

Schon kurz vor halb sieben steht Rolien vor der kahlen Haustür mit dem auf Hochglanz geputzten Messingschild, in dem sie sich dreißig Minuten lang spiegelt, sich also mit einem breiten, gutmütigen oder schmalen, giftigen Gesicht amüsiert; dabei lacht sie sich eher zu, als dass sie sich auslacht. Und in der Zwischenzeit macht sie sich Gedanken über Fräulein Balto, die bunte Gewänder trägt und ihr schwarzes Haar in vierzehn großen Locken hochgesteckt hat. An der linken Hand trägt sie einen glatten Goldring, und bei Klassenarbeiten schielt Ralien immer zu Fräulein Baltos rechtem Zeigefinger, der hinter einem Buchrücken diesen Ring streichelt.

Und außerdem gibt es Han, den Verlobten. Dienstags und freitags steht er vor der Schule, um Clara Balto abzuholen. Er ist lang und mager, und in seinem rechten Mundwinkel hängt, wie ein Riesenschnuller, eine kurze braune Pfeife. Hans Kontakt mit Rolien und ihren Mitschülern beschränkt sich auf das synchrone Zwinkern seiner beiden Lider: Nicht wahr, ihr und ich, wir lieben diese schöne, liebe Frau!

Dann spielt das Glockenspiel vom alten Kirchturm auf dem Platz seine bekannte Melodie; dem folgen sieben »Bams«, die unter ihren Fußsohlen nachbeben. Sie zieht vorsichtig an der Klingel, und die kahle Tür mit dem glänzenden Messing geht auf. Da sie niemand sieht, rennt sie geschwind die engen, dunklen Treppen hinauf. Hinter einer Tür hört sie Stimmen, Flüstern, Lachen. Es ist Clara Baltos Lachen; man kann es von jedem anderen Lachen unterscheiden, weil sie, wie Rolien es ausdrückt, zum zweiten Mal lacht; ohne einen Anfang gleich so, wie andere Menschen aufhören. Sie klopft, die Geräusche verstummen, Schlüssel klirren. Eine Tür weiter taucht Han auf. Zwinkernd: »Bist du immer so pünktlich, Rolien? Komm rein. Clara, Besuch für dich!«

Ist sie wirklich so klein? Wenn sie mit Han spricht, muss sie den Kopf ganz in den Nacken legen. Oder tut sie es nur, um seine Augen richtig zu sehen, blaue, fröhlich funkelnde Augen. Sie weiß nicht genau, was sie sagt, und genauso wenig, wie das Zimmer aussieht. Warum ist Clara nicht da? Sie hat doch ihr Lachen gehört. Und Han gleicht ein bisschen dem großen blonden Mann mit dem freundlichen Gesicht, der Nellie gestohlen hat.

Sie wird jetzt sehr verlegen. Man stelle sich vor, Ralien würde sie nun zwingen, den Lichtschalter zehn Sekunden lang zu drücken oder sich vor einer Schublade zu verbeugen. Gibt es hier überhaupt eine Schublade? Sie dreht sich um und geht auf Han zu, der an der geöffneten Verbindungstür steht. »Aber Kind«, sagt er, »du bist auch ungeduldig; ich komme gleich mit Fräulein Balto zurück«, und er schließt die Verbindungstür hinter sich, einen Augenblick zu spät, um Rolien Folgendes zu verbergen: ein ungemachtes Bett und Clara Balto im rosa Unterkleid, die vor dem Spiegel ihre vierzehn Locken hochsteckt, Clara Balto mit nackten weißen Armen und merkwürdig dunklem Haar in den Achselhöhlen. Verwirrt sucht sie nach einer Verbindung zwischen ihrem Spiel, das niemand sonst auf der Welt kennt, dem Temperament von Rosys verstorbenem Akrobaten, den unförmigen Knien von Fräulein Vola, dem Notar, der nicht weiß, was er tun sollte, selbst wenn sie zehn Jahre älter wäre, und der teilweise entkleideten Lehrerin neben dem zerwühlten Bett. Als diese dann in einem Hausmantel aus dunkelrotem Samt ins Zimmer tritt, sagt sie, dass Rolien sie bei ihrer Siesta gestört habe. Von der Siesta geht sie auf andere komische Wörter über, um Rolien zu beruhigen. Sie gießt Tee in dünnwandige Tassen und stellt eine Schale voll länglicher Kekse mit zartrosa Glasur vor sie hin. Im Widerspruch zu ihrem üblichen Heißhunger wagt Rolien jetzt kaum zuzugreifen.

»Schmecken sie dir nicht?«, fragt Fräulein Balto.

»Oh doch«, sagt Rolien, und während sie sich vorbeugt und genüsslich mit der Zungenspitze über die glatte Zuckerschicht leckt, sieht sie im Aufschauen dasselbe sanfte Rosa auf den Wangen ihrer Lehrerin.

»Hast du je von einem Kind gehört, das Lust hat, eine Lehrerin zu küssen?«, neckt Ralien.

Es ist schon spät, als sie die kahle Haustür mit dem auf Hochglanz polierten Messing hinter sich zuzieht. Die Straßenlaternen brennen, und die Schaufenster sind festlich erleuchtet. Sie bleibt vor einem Spielzeugladen stehen. Rechts liegen Puppen, Bären, Zwerge, links lose Köpfe, Perücken und Glieder; dazwischen eine Holzkiste voller Kleie mit der Aufschrift: »Mädchen, füllt eure Puppenkinder rechtzeitig auf, dann haben sie ein sehr langes Leben.«

Warum wollen große Leute uns bloß immer alles Mögliche weismachen? Abgesehen davon, dass Puppen nicht leben, muss der Spielzeugmann doch wissen, dass Leben und Tod keine Themen für Kinder sind. Fräulein Balto hat es ihr ganz genau erklärt: Geborenwerden und Sterben sind der natürliche Anfang und das natürliche Ende. Außer schrecklich klugen Männern kennen nicht viele die weiteren Einzelheiten, und weil sich die meisten irren, sollte man in Aufsätzen und in Büchern besser von dem berichten, was dazwischen passiert.

»Versuch es doch auch mal mit einem Buch«, hat sie gesagt, »das kannst du bestimmt.«

Aber Han hinter seiner Zeitung (die ihn bestimmt langweilte) hat gebrummt: »Setz dem Kind keine Flausen in den Kopf.« Daraufhin begann Fräulein Balto über Redewendungen zu sprechen, und Han las ruhig weiter. Sie kannte so viele, die sich widersprechen, sodass dies nicht sonderlich ergiebig war. Eigentlich war es, bis auf die Umgebung, eine Art gemütliche Sprachlektion gewesen, die man getrost wieder vergessen durfte, wäre da nicht die Erinnerung an rosa Kekse, rosa Wangen und warme Freudenschauer beim Abschied oben an der engen Treppe, als sie sich in den Falten dieses dunkelroten Samtmantels verborgen hat.

UND WAS DIESE FRAU AUSLÖST. »Mensch, bist du blöd«, sagt sie laut, reißt an der Klinke der geschlossenen Ladentür und streckt der linken Seite der Auslage die Zunge heraus. Seit diesem Abend hat sich ihre Liebe zu Puppen in eine Aversion gegen dieses verdorrte Zeugs verwandelt, verdorrt, weil sie vom Tod nichts mehr hören will. Eines Tages nimmt sie eine große Schachtel und stopft alle hinein, bis auf Dora. Tom liegt auf Emmie, und Jackie wird von der haarlosen Mutterpuppe plattgedrückt. Marguérite wird beauftragt, die Schachtel irgendwo zu verstecken, wo Rolien sie nicht finden kann. Davon abgesehen hat sie auch gar nicht vor, zu suchen. Marguérite verrät es allerdings Griet, und Griet verrät es wieder Rolien, mit der Folge, dass Rolien die Puppen in Papier einwickelt, eine Schnur herumbindet, eine Adresse darauf schreibt und das Paket im Postamt abgibt. Als drei Tage darauf ein Dankesbrief ihrer kleinen Cousinen ankommt, fühlt sie sich glücklich und befreit. In einer Ecke ihres Zimmers liegt Dora, die einzig Übriggebliebene, in der geborstenen Schüssel. Ihre Lider mit den langen schwarzen Wimpern sind geschlossen, sie lächelt philosophisch ergeben; Roliens abschätzige Blicke kümmern sie nicht mehr. Aber es gibt noch Ralien, und die gibt sich nicht damit zufrieden. Also lässt sie Rolien von nun an nach der Verbeugung vor der Schublade Dora umarmen und, mit ihrem Mund auf dem Puppenmund, flüstern: »Ich bin zu alt, um mit dir zu spielen, aber ich verspreche dir, dass du immer bei mir bleiben darfst. Amen.«

Ein Heft mit achtzig Seiten, ein weicher, glatter Bleistift und ein silbriger Bleistiftspitzer ersetzen das ausrangierte Spielzeug. Rolien wird schreiben. Sie sitzt am Schreibtisch ihres Vaters und kaut auf dem neuen Bleistift herum. Sie rührt damit in der Tabaksdose, entdeckt dahinter drei feuchte Zigarrenstummel, schnüffelt daran, nimmt das dicke Heft, den weichen, glatten Bleistift mit frischen Kauspuren, den Spitzer, der ganz silbrig geworden ist, und zieht in ihr Zimmer um. Erneut richtet sie sich ein, jetzt an einem weißlackierten Tisch, auf dem ihr Lieblingsbuch, *Der geheime Garten* von Burnett, liegt. Um nicht in Versuchung zu geraten, versteckt sie es unter der Matratze. Zwei Minuten später hat sie sich auf der Matratze ausgestreckt und liest zum x-ten Mal die letzten zwanzig Seiten. Ende. Das wird auch der Schluss für ihr Buch sein. Und dann ist es fertig. Und die Zeitungen bringen erhebende Besprechungen: »Die kleine

Schriftstellerin Rolien Kolar überraschte uns mit ihrem schönen, gescheiten Roman: *Die* …«

Ja, was *Die* …? Natürlich, *Die Kinder von Frau Staphorst.* Die rote Tinte malt die Titelbuchstaben auf das Etikett. Von: Rolien Kolar. Aber wie weiter? »Sie zeichnet uns das Leben einer großen Familie. Wie liebenswert skizziert die Autorin, selbst noch ein Kind, diese Kinder.«

(Zeichnen und skizzieren, der Kritiker liebt offenbar sehr das Malen.) Und noch mehr Besprechungen. Und sie wird vor den Buchhandlungen stehen bleiben, um zu hören, was die Leute darüber sagen. Sie werden auf sie zeigen: »Schau mal, das ist Rolien, du musst versuchen, dich mit ihr anzufreunden, denn sie ist berühmt!«

Endlich zwingt sie sich zum Arbeiten. Der schöpferische Drang, der zwar vorhanden ist, muss, um in die Tat umgesetzt zu werden, mit Gedanken an eine glanzvolle Zukunft genährt werden, wobei aber ausschließlich der geistige Erfolg zählt, nie der materielle. Aber richtig glauben an diesen Ruhm tut sie nicht. Denn, so überlegt sie, auch hier wird es so sein: Immer wenn man im Voraus ein (glückliches) Ende erwartet, verkehren sich die Dinge ins genaue Gegenteil. Eigentlich erschrickt man vor solchen Gedanken; sie sind gleichermaßen unzuverlässig wie quälend, weil sie alles auf den Kopf stellen und einem damit wieder eine Illusion rauben. Unter diesem Eindruck beginnt sie mit ihrer ersten Seite.

»An einem warmen Sommerabend saß die ganze Familie Staphorst im Garten und unterhielt sich. Zuerst kam Herr Staphorst, von den Kindern meist Pa genannt. Er war fünfunddreißig Jahre alt, hatte einen blonden Schnurrbart und auf seinen Händen schwarze Haare. Dann kam Frau Staphorst. Sie trug, auch wenn es heiß war, dunkelrote Samtkleider mit langen Falten. ⟦Die von Juffrouw Balto reichten bis zu ihren Schultern.⟧

Auf dem Tisch stand eine Schale mit länglichen rosa Keksen, genauso rosa wie die Wangen von Frau Staphorst. Dann kamen ihre sieben Kinder mit dem Fräulein …, sieben fröhliche, glückliche Kinder.«

Sie steht auf, läuft zum Bäcker an der Straßenecke und findet dort quadratische rosa Kekse, die sie länglich knabbert. Dann zieht sie mit Heft, Bleistift, Spitzer und sich selbst in den Schuppen um; der ist dem Garten der Staphorst-Kinder näher. ⟦»Rolien Kolars Karriere begann zwischen Kohlenkästen.«⟧ Hier ist es sehr still. Sie lauscht der Stille. Sie lauscht Ralien, die ihr diktiert. Ihre Finger werden vor Kälte steif. Sie wärmt sie im Mund auf und schreibt dann weiter. Ralien verliert keine weitere Minute. Jetzt passiert den kleinen Staphorstchen alles Mögliche: Sie masern und röteln, radeln und autoen, greinen und feiern. Immer wieder erweisen sich die Mutter und das Fräulein als gute, geduldige Erzieher. Der Vater kommt über seine fünfunddreißig Jahre, den blonden Schnurrbart und die schwarzen Haare auf den Händen nicht hinaus, deshalb muss er im dritten Kapitel von einer Straßenbahn überfahren werden, um ihn für immer von der Bildfläche verschwinden zu lassen. Schließlich ist das die einzige Lösung in Anbetracht des Titels, aus dem eindeutig hervorgeht, dass sich hier alles um die Kinder von Frau Staphorst dreht. Auch von den Brüdern Wim und Jaap wird die Familie erlöst. Es sind richtige Nervensägen, aber weil Ralien nicht weiß, wie Jungs nerven, werden sie von ihr in ein englisches Internat verbannt. In ihren Briefen singen die Jungs ein Loblied auf die Direktorin, Miss Lloyd. Diese Miss Lloyd wird ein noch getreueres Abbild von Clara Balto als Frau Staphorst.

Für diese schöpferische Leistung braucht sie nicht nur die Kekse, sondern auch Doras dunkelrotes Samtcape. Und während der rosa Zucker auf ihrer Zunge schmilzt, ihre rechte Hand schreibt und ihre linke den Samt berührt, erlebt sie erneut diesen warmen Freudenschauer beim Abschied oben an der engen Treppe, als sie in den Falten dieses dunkelroten Hausmantels fast verschwunden ist.

6
Sechs Männer

Bei der Erschaffung dieser englischen Clara Balto kommen die ersten Tagträume. Mit den Händen um den Kopf geschlungen schaut sie mit verwunderten Augen ins Nichts. Die Mutter fragt (ein wenig bestürzt): »Was machst du denn da?«

»Zuhören«, antwortet Rolien.

»Wem denn?«

»Jemandem, der mir mein Buch diktiert.« Sie denkt: Ralien ist jemand und zugleich niemand. Als an diesem Samstagabend Besuch kommt, wird Rolien hereingerufen.

»Ah, da ist ja unsere berühmte Schriftstellerin«, ruft der Notar. »Lies uns doch mal vor, was du geschrieben hast.«

»Ja, bitte, Schatz«, schmeichelt Fräulein Vola.

Der Notar hat zwei Beine ohne Schoß, zwischen denen Rolien jetzt eingeklemmt ist. Sie liest in einem Rutsch bis Seite sechzehn. Dann klingelt es, die Beinklemmen lösen sich und der Notar sagt: »Wirklich großartig, aber jetzt ab ins Bett«, und Fräulein Vola sagt wieder dasselbe wie an dem Abend vom Gartenfest: »Was ist das nur für ein merkwürdiges Kind«, und Mutter lacht stolz. Nur Vater, der bisher geschwiegen hat, fragt: »Machst du eigentlich auch manchmal deine Hausaufgaben?«

Großartig. Merkwürdig. Und eitle Kräuselfältchen um Mutters Lippen. Und Vater, der Hausaufgaben wichtiger findet. Wegen der Türglocke hat sie mitten in einem spannenden Abschnitt aufhören müssen. Jetzt spielen sie schon wieder Karten. Man könnte meinen, sie wären erleichtert, dass sie nicht länger zuhören müssen. Aber trotzdem: großartig, merkwürdig.

Den Rest kannst du vergessen. Und wie? Und wo? Bei Griet in der Küche. Es ist Samstag, also Klaas-Abend. Vor Klaas hat sie Angst. Er hat ein rotes, aufgedunsenes Gesicht, und er schnalzt auch noch mit der Zunge, als sie hereinkommt. »Soso, das gnädige Fräulein«, sagt er, »nimm dir 'nen Stuhl, willste was von mir, kann ich dir helfen?« Griet reicht ihr eine Tasse Tee mit einem großen Schuss Milch.

»Griet«, sagt Rolien, »ich habe ein Buch geschrieben. Willst du mal hören?«

»Na klar«, antwortet Klaas. »Aber sie müssen sich kriegen, sonst isses nur Tineff.«

»Was ist kriegen?«

»Das is kriegen, Fräuleinchen«, und Klaas zieht Griet von ihrem Stuhl, kneift in ihre Brüste und küsst sie auf den Mund. Griet tut so, als ob sie sich wehrt. In Rolien kriecht ein flaues Gefühl von unten nach oben, von oben nach unten.

»Blödmann«, sagt Griet, kämmt ihre Haare über dem Ausguss und wischt sich den Mund mit einem Gläsertuch ab. »Kannste dich denn nich benehm'n? Is doch noch 'n Kind.«

Sah Klaas schon immer so rot und aufgedunsen aus? Jetzt fängt er auch noch zu grinsen an. Dann schiebt Griet drei Stühle an den Tisch, und Rolien beginnt wieder vorzulesen. Diesmal bis Seite dreiundzwanzig. Dann ruft Klaas: »Mädel, jetzt reicht's! Das is nix für Große, und du machst ja nix anderes, als über Weiber zu quatschen, man glaubt ja wahrhaftig, du wärst eine ...«

»Klaas«, faucht Griet, »halt doch den Rand, du dreckiger ...«

»Man glaubt ja, du wärst eine ...« Zweifellos muss er ein hässliches Wort gemeint haben, wenn Griet so böse wird. Aber warum soll sie nicht über Mädchen und Frauen schreiben? Und warum macht sie es überhaupt? Ja, warum macht sie es überhaupt? Eins, zwei, drei, vier, fünf, sechs Männer kennt sie, außer Klaas, und sie mag keinen einzigen von ihnen. Mann eins ist ihr Vater, der zuhause in einen Spucknapf und auf der Straße auf Kieselsteinhaufen spuckt, einer, der vor kurzem ihre Mutter mit einem Tranchiermesser bedroht hat und danach tagelang so lieb und nett war, dass sie und ihre Schwestern davon profitiert haben, denn sie gingen alle zum Limonadengarten, wo kleine bonbonfarbige Bötchen liegen. Und endlich hat sie auch, in dem tiefen Kleiderschrank kniend, der ihr Zimmer von dem der Eltern trennt, zum ersten Mal keine zornigen Worte, sondern leises Geflüster belauschen können. Vater riecht immer nach Tabak, seine Kleider und seine Haut sind davon durchtränkt, und wenn sie ihm Gute Nacht sagt, küsst sie ihn auf die Stirn und nicht auf die stachligen Wangen. In seinem Zimmer sitzt sie trotzdem gern, und wenn er nicht so ächzen und schnaufen würde, könnte sie ihn stundenlang betrachten, seine Augen hinter den großen Brillengläsern, wie er liest, langsam und mit Vergnügen, und wie schnell er winzige Buchstaben auf seinen Block krakelt. Manchmal sucht sie im Lexikon nach verbotenen Wörtern, doch sobald er das bemerkt, gibt er ihr stattdessen irgendein anderes altes Buch, in dem er zuerst ein paar Seiten zusammenklebt. Das ist so demütigend, dass sie neulich absichtlich das Tintenfass über diese Seiten ausgekippt und anschließend unter den Wasserhahn gehalten hat, wodurch zwar viel Klebe aufgeweicht, aber dafür alles unleserlich wurde. Nein, Mann eins ist alles andere als attraktiv, und weder das zugesteckte Taschengeld noch dass er seine Süßigkeiten mit ihr teilt, können ihn ihr näherbringen. Wenn sie es sich genauer überlegt, ist es eigentlich sein Geruch, der sie am meisten abstößt. Vater im Badeanzug im Meer, mit Sonne und Salzwassergeruch rundherum! Bei dem Gedanken lacht sie plötzlich laut auf. Dank ihres Sinns für Humor, der sie oft in letzter Sekunde rettet, verwandelt sich ihre Antipathie gegen den Vater (eine Antipathie, die eher aus der Beobachtung seines Tuns als aus seinem Tun selbst entstanden ist) nicht in Hass.

Mann zwei, der Zeichner Glück, ist eklig und komisch. Komisch wegen seiner Kleidung: spitzer Hut, feuerrote Krawatte, und wegen seines Aussehens: rötliches, in Pomade gebettetes Flachshaar, eine Stupsnase mit Einblick, bereit für eine Naturgeschichtsstunde. Eklig, weil er seinen Bleistift als Zahnstocher benutzt, und eklig-faszinierend, wenn er über sein Mädchen redet. Die Schüler nennen sie »das Glückchen«. Dann schlägt er die Beine übereinander, klemmt seine schmutzige rechte Hand und die blassere linke dazwischen. Kleben die Hände jetzt an den Beinen fest oder die Beine an den Händen?

Mann drei, der Waschmann, ist ein dickes, rundes Kerlchen, das samstagabends hinter dem geflochtenen Wäschekorb her in das Souterrain rollt. Mit einem rostigen Schlüssel öffnet er das rostige Schloss, es knirscht so laut, dass man es fast schön finden kann. Rolien lungert zu diesem Zeitpunkt absichtlich in dem dunklen Gang herum, in dem das dicke, runde Kerlchen erwartet wird. Denn der Waschmann weiß eine Menge Märchen auswendig, die sie schon von früher kennt, aber immer noch gern hört. Und so erzählt er vom Kleinen Däumling und von der Prinzessin auf der Erbse, die zusammen in den sauberen Bettüberzügen und Laken schlafen. »Vor allem nicht auffalten, junge Dame, sonst fallen sie heraus, und ihr Blut macht noch schlimmere Flecken als die schwärzeste Tinte.«

»Und der Erlkönig, wo ist der Erlkönig?«, fragt Rolien, »Agnes kennt ein ganzes Gedicht über ihn.«

»Von dem Kerl hab ich noch nie gehört«, antwortet das Männchen, und dann reden und lachen sie, bis der Korb geleert und mit Bündeln schmutziger Leib- und Bettwäsche wieder gefüllt ist.

»Und, junge Dame, sollen wir jetzt mal Ihr Bäuchlein aufschließen?« Er schiebt den rostigen Schlüssel über ihren Rock, bis dorthin, wo der Nabel ist, und sagt: »Pang, pang, piep, jetzt ist Ihr kleiner Bauch offen.« Rolien findet es eigentlich lustig, das Spiel, und gleich nach dem »Bauchaufschließen« kommt: »Und jetzt, guten Abend, meine Damen, einen schönen Sonntag«, und weg ist das Männchen, genauso plötzlich aus dem Souterrain heraus- wie es hereingerollt ist. Aber das letzte Mal hat er sie mit dem Schlüsselbart zuerst in ihre Brüstchen, dann in den Nabel und dann noch tiefer gepiekst. Er hat gesagt: »Du bist ein gutes Mädchen, Kind«, und sie: »Bitte hören Sie auf.« Sie hat nicht weglaufen können, denn er hat sie in eine Ecke gedrängt. Dann ist zum Glück Griet gerade mit dem Geld zum Begleichen der Rechnung gekommen, und sie ist ganz schnell die Treppen hinaufgerannt. Und der Kleine Däumling und die Prinzessin auf der Erbse mit ihrem Blut, das schlimmere Flecken macht als die schwärzeste Tinte, bleiben von nun an samstagabends mit dem Kerlchen und seinem rostigen Schlüssel allein, ohne Rolien.

Dann gibt es noch Mann vier, den Notar, Mann fünf, Han, und Mann sechs, den jungen Emile. Eigentlich findet sie den Notar schon ganz nett, aber seine Stimme krächzt ein bisschen, und er ist überhaupt schrecklich unhöflich, denn er erzählt immer Geschichten, von denen er von vornherein weiß, dass sie dann aus dem Zimmer geschickt wird. Ja, der Notar geht grade so, aber sie denkt trotzdem nie an ihn, sie läuft manchmal an ihm vorbei, ohne ihn zu sehen, und wenn man nicht an jemand denkt, dann mag man ihn auch nicht. An Han denkt sie schon, aber nur in Verbindung mit Clara, und in diesem Zusammenhang sieht sie die beiden nackt, wie auf der Abbildung der Skulptur, die über Claras Bett hängt. Und der junge Emile …

Ralien erzählt: »Es war einmal ein Mädchen, das hieß Rolien Kolar. Um das Glück ihres Lieblings Clara sicherzustellen, musste sie, bevor sie in die Schule ging, ob früh oder spät, schnell dreimal um den Kirchturm laufen. Sie hatte nie daran gedacht, dass sie jemand dabei sehen könnte, aber eines Mittags hörte sie zwei Füße hinter sich, zwei Füße, schneller als ihre eigenen, fühlte sie zwei Hände, die an ihrem Mantel zogen, so fest, dass sie wohl oder übel stehen bleiben musste (sonst wäre der Mantel zerrissen). Dann lagen diese Hände mit einem Mal auf ihren Augen; sie waren kalt und klebrig. ›Hab ich dich endlich‹, rief eine fröhliche Stimme. ›Sag mal, warum spielst du denn immer mit dir allein Fangen?‹ Das Mädchen Rolien ließ seine Schultasche fallen und kniff in diese fremden Hände auf seinen Augen, kniff so lange, bis sie schließlich losließen. Und die fröhliche Stimme sprach weiter: ›Mein Name ist Emile, Emile Groothuizen. Ich wohne am Kerkplein, und ich habe dich schon lange ausgespäht. Ich dachte, vielleicht willst du mal einen Freund zum Spielen haben, so allein macht das doch gar keinen Spaß.‹ Das ist der Anfang gewesen. Der Junge Emile stellte das Mädchen Rolien seiner Mutter vor. Das war eine große, dicke Frau, die, über ihre Näharbeit gebeugt, sich nicht einmal die Mühe machte aufzusehen, als ihr Söhnchen sagte: ⟦und nicht sagte: ›Das ist das Mädchen Rolien‹, sondern⟧ ›Das ist Rolien, mein Mädchen.‹ ›Oh‹, antwortete sie knapp, ›ist es denn aus mit Jannetje?‹ Darauf ist Emile rot angelaufen und unter einem Vorwand aus dem Zimmer gerannt. ›Hat deine Mutter jemanden, der ihre Leinenwäsche in Ordnung hält?‹, fragte die Frau dann. Sie stützte sich auf ihre Ellbogen, der große Kopf lag auf ihren Händen … wie ein Fußball mit ein paar Erdklumpen darauf, dachte das Mädchen Rolien, und die Nase war das Ventil; wenn sie daran zöge, würde das ganze aufgedunsene Fleisch schlaff werden, nur die zwei Erdklumpen, die konnten sich nicht bewegen, die würden immer so bleiben. Zieh doch an der Nase, zieh doch an der Nase, sang das Mädchen Rolien in sich hinein. So dunkle Augen hatte sie noch nie gesehen.

›Hast du die Sprache verloren, Kind?‹, fragte die Frau. ›Man kann es nicht anders sagen, aber du bist ziemlich früh dran.‹

›Womit dran?‹

›Mit dem Freien.‹

›Was ist das?‹, fragte das Mädchen Rolien. Dann fiel ihr etwas ein. Ihr Vater hatte ihr letzthin, als sie über Klaas sprachen, erklärt, dass das Wort Freund eine Zusammenziehung des viel älteren Worts Freier sei. Und deshalb war Freier eigentlich gar kein so hässliches Wort, wie anscheinend jeder dachte. Wenn inzwischen also aus Freier Freund geworden war, dann musste freien auch anfreunden bedeuten.

›Meinen Sie vielleicht mit dem Anfreunden, gnädige Frau?‹ Sie sagte gnädige Frau, aber jemand, der für andere flickte, war eigentlich nur eine Frau. Sie konnte das nie verstehen, denn warum war ein Mann, der einen Karren schob, kein gnädiger Herr und ein Mann mit Zylinder, der zufällig dahinter herging, wohl einer? Wo war die Grenze? Denn wenn man eine Frau jetzt mit einem Schlag in ein großes Haus mit einem Garten und einer Garage versetzte, wurde sie dann zu einer gnädigen Frau? Und wenn ihre Mutter in die kleine Gasse hinter der Schule zöge und ihr Vater die Straße kehren müsste, hieße es dann mit einem Mal: Hör mal, Weib, und sag mal, Bursche?

›Mädchen‹, sagte der dicke Kopf, und in den dunklen Erdklumpen krabbeln jetzt Glühwürmchen: ›Mädchen, Kind, Roliesa, oder wie du sonst heißt, ich glaub, du bist nicht ganz richtig im Kopf. Wenigstens gibst du Antworten, als ob deine Phantasie mit dir durchgeht, und du lachst dir wie eine Närrin selber zu.‹ Und weiter zu dem Jungen Emile, der gerade wieder ins Zimmer kam: ›Ich verbiete dir den Umgang mit dem Kind da. Such dir was Besseres oder warte noch ein Jährchen. So eilig ist das doch auch wieder nicht, oder?‹

›Nein, Mutter, Eile hab ich nicht, aber schon Lust‹, antwortete der Knabe Emile. Und dieser Satz erwies sich als stärker als das Verbot. Denn abermals verfolgte er das Mädchen Rolien, legte abermals unerwartet seine kalten, klebrigen Hände auf ihre Augen. Aber als sie nicht mehr gezwungen war, schnell um den Kirchturm zu laufen, um das Glück ihrer herzallerliebsten Clara sicherzustellen, hat das Mädchen Rolien fortan einen anderen Weg genommen, der ebenfalls zu ihrer Schule führte, und so ist sie dem Jungen Emile nie wieder begegnet.«

7
Wasser

Der Vater, Herr Glück, der Waschmann, der Notar, Han, Emile und der aufgedunsene Klaas: überflüssig. Mutter, Fräulein Balto, Griet, die Woudhout-Kinder, die ganze Familie Staphorst, und so weiter und so fort: unentbehrlich.

»Närrisch«, hat Klaas gesagt. Jetzt weiß sie es plötzlich: Mädchennärrisch hat er natürlich gemeint. Aber ein Mädchen kann doch keine Mädchennärrin sein. Sie liebt Mutters weichen Mund und Fräulein Baltos Hände, diese schönen Hände, die einen erbeben lassen, wenn sie einem anerkennend übers Haar streichen, und wieder anders erbeben, wenn sie einen verärgert am Arm packen und aus der Bank zerren. Sie liebt Griet, weil Griet die Küche liebt. Die Familie Staphorst denkt und macht, was sie will, und die kleinen Woudhout-Kinder haben Angst vor ihr, Angst, wenn Ralien sie zu gemeinen Sachen zwingt. Wenn Rolien nicht auf der Suche nach ihnen ist, denkt sie auch nicht an die Kleinen. In den letzten Wochen geht sie ihnen sogar aus dem Weg; sie wohnen in derselben Straße, deshalb begegnet sie ihnen normalerweise oft. Aber sollte sie nicht morgen wieder mal fragen, ob sie mit ihnen spazieren gehen kann? »Ja, ja«, sagt Ralien. Natürlich antwortet deren Mutter wie immer: »Nur zu, Rolientje, du bist ein vernünftiges Mädchen, und ich kann mich auf dich verlassen, oder? Du gehst nicht zu weit.«

»Oh ja, Frau Woudhout«, antwortet Rolien, und Ralien lacht wie ein kleiner Teufel und lässt sie es noch einmal wiederholen: »Oh ja, Frau Woudhout«, und dabei betont sie das Ja so, dass es negativer als ein Nein klingt.

Gedanken, Gedanken, man kann in das kleine Nachtlicht starren und sie dabei kurz vergessen; danach kann man den Rosen auf der Tapete Namen geben und zählen, wie viele sich mit ihren stilisierten Stielen umarmen. Aber Gedanken, Gedanken, sie lassen sich nicht verjagen, und vor allem nicht solche, die man verdrängen möchte. Mädchennärrisch ... kindernärrisch, denn wenn man mit den kleinen Woudhouts spazieren geht ...

Es kommt bei den Grachten, von den Grachten. Auf der Straße, im Park, ist zunächst noch alles normal und nett. Rolien imitiert ihre Mutter. Genauso »vornehm« hält sie mit ihrer rechten und linken Hand die Hände von Anneke und Tinie Woudhout fest: Mit den kleinen Fingern umklammert sie die dünnen Kinderhandgelenke. Mit dieser Bewegung hören die kleinen Finger jetzt auf, klein zu sein, sie werden zu filigranem Silberdraht, der in der Form bleibt, die sie ihm gibt. Gleichzeitig fangen ihre zweimal vier anderen Finger in den Spitzen zu kribbeln an, ein angenehmes Kribbeln, auf der Straße, im Park.

Doch dann kommen die Grachten. Zuerst die blaue Gracht mit dem blauen Wasser. Wenn die Sonne scheint, stellen sie sich vorn an die Kaimauer und beugen sich so weit vor, dass sie gerade noch im Bereich von Freund Balance bleiben. Sie betrachten ihr Spiegelbild im Wasser, ziehen komische Grimassen und raten wechselseitig, wem oder was sie ähneln. Einmal hat Anneke ihre spitze Zunge ganz weit herausgestreckt, und Rolien las das als: »eine Regenrinne«, ihr fiel wirklich nichts anderes ein, und Tinie sagte: »eine halbe Schere.« »Falsch!«, hat Anneke gerufen, »beides falsch. Es ist ein ...«, und dann kam ein drastischer, vulgärer Klospruch, dessen Bebilderung Anneke nachahmte, ohne die Bedeutung zu verstehen. Rolien fragte ihren Vater danach, und seine Antwort war sehr glaubwürdig: »Das ist kein Wort, das ist eine zufällige Zusammenstellung von zwei Mitlauten und einem Selbstlaut in der Mitte.

Versuch es doch selbst mal, dann bekommst du eine unendliche Reihe von solchen Scheinwörtern.« Rolien hat es ausprobiert. Doch als sie weiter nach der Bedeutung forschte, sagte er, dass man zu einem Scheinwort nur Scheinzeichnungen machen könne und dass der Junge oder das Mädchen die Zeichnung auf der Klowand statt mit dieser Kirmesströte gewissermaßen auch mit einer weißen Taubnessel hätte illustrieren können. Übrigens, was auf Klowänden steht, muss man entweder wegwischen oder ignorieren. »Dann steck ich mir ein Wischtuch in den Schulranzen«, hat Rolien geantwortet, »denn ich habe es schon gesehen, bevor ich richtig hingeschaut habe.«

Wenn ihnen die blöden Fratzen langweilig werden, werfen die kleinen Woudhouts unter Aufsicht von Freund Balance Steinchen ins Wasser. Rolien spielt nicht mit, denn sie hat keine Hände. Ihre kleinen Finger umklammern die dünnen Kinderhandgelenke, und die darf sie nicht loslassen. Das Kribbeln in den Fingern wird stärker und weniger angenehm. Dann kommt die grüne Gracht mit dem grünen Wasser. Hier gibt es das Wunder des schillernden Petroleumfilms. Und wieder das Vornüberbeugen, jetzt mit einem Stock in der einen freien Mädchenhand. »Petro-léum verjagen«, sagt Tinie.

»Petrò-leum«, verbessert Anneke.

Manchmal bleibt der Stock in dem stecken, was unter dem grünen Wasser verborgen lebt. Dann beugen sich die Kinder so weit vor, dass sie fast Freund Balance mit sich ziehen. Und Rolien findet es schade, dass das nicht passiert. Sie sähe es zu gern, dass Anneke einmal in die Gracht fällt. Gleichzeitig mit diesem Wunsch wird das Kribbeln in den Fingern der rechten Hand, mit der sie Anneke festhält, zum Krampf. Der rechte kleine Finger wird nun zu verbrauchtem Filigrandraht, er verliert Spannung. Dann entfährt Roliens Kehle ein schrilles: »Habt ihr noch immer nicht genug?«, und sie zieht brüsk die verblüfften Kinder weiter. Weiter, warum weiter? Sie weiß doch, dass nach der blauen und der grünen Gracht die graue kommt, die triste graue. Warum geht sie denn nicht zurück? Durch die enge Gasse, zum Süßwarenladen mit den Lakritzen, Lakritzschnüre kaufen und dann beim Kauen alles vergessen. Und auf dem kleinen Platz um den verunstalteten Michiel Adriaanszoon herum Fangen spielen. Was zieht sie nur immer wieder zu dieser tristen Gracht? Unweit des Ufers liegt ein halb versunkenes Ruderboot. »Wenn ich dorthin schwimme«, fragt Anneke, »bleibe ich dann sauber oder werde ich auch grau?« Keine Antwort. »Wenn ich falle, werde ich natürlich grau. Denn dann breite ich meine Arme nicht aus, um zu schwimmen. Wenn ich falle, habe ich Angst, oh, ich hab Angst, dass ich falle.«

Der kleine Finger lebt nicht mehr.

Vier Finger der rechten Hand krampfen sich zusammen.

Vier Verbündete.

»Und wenn du mich hineinstößt, was passiert dann mit mir?«

Anneke hat auffallend große, dunkle Augen. Sie sieht Rolien ängstlich an. Rolien hat hellbraune Augen, wie ein scheues Reh, das in einem großen Wald Schritte hört. Und aus ihren Wangen weicht das Blut. Die vier Verbündeten warten nicht länger. Sie schleichen sich unter das glatte Kinderhaar zu dem warmen Kindernacken. Erinnerung an die jungen Kätzchen.

»Igitt, wie kalt!«, ruft Anneke.

Und dann: »Nein, nein, Rolien, hör auf, oh, Rolien, hör auf!« Kurz bevor es passiert, hat sie wieder Platz zwischen den Fingern; sie werden gefügig, der kleine Finger schließt sich wieder wie filigraner Silberdraht um das Handgelenk, und Rolien sagt (mit sehr hoher Stimme): »Dumme Anneke, ich tu dir doch nichts. Kommst du mit, Lakritze kaufen? Eins, zwei, drei, wer ist Erster?«

Mädchennärrisch, kindernärrisch … und in dem Gedanken, der zum Traum geworden ist, schließt sich das graue Wasser der grauen Grachten in einem Kreis um Annekes Kopf. Und vier Finger von Roliens rechter Hand bilden ein Kreuz, genau in der Mitte des Kreises.

8
Ekstase

Die Klasse zählt jetzt siebenunddreißig Schüler. Fräulein Balto mit den vielen verschiedenen bunten Gewändern und dem schwarzen, in vierzehn großen Locken hochgesteckten Haar ist in der Grundschule zurückgeblieben. Ob auch die neuen Kinder den Zeigefinger ihrer rechten Hand verfolgen, der hinter einem Buchrücken den glatten Ring streichelt? Ob sie sich an den »Han-Tagen« auch auf das Zwinkern des rechten Augenlids des teuren Verlobten freuen?

Fräulein Balto hat ausgedient; für Rolien gibt es nur noch eine Clara Balto, unzertrennlich verbunden mit dem Velperplein 2. Vorläufig hat sie keine Zeit, also kein Verlangen, den Kontakt zu der Lehrerin zu erneuern. Es ist außerdem viel großeleutehafter abzuwarten, bis eines Tages eine Einladung in Form eines kleinen Briefs eintrifft, und dann darauf zu antworten ... Liebes Fräulein Balto – denn Clara kann man natürlich nicht schreiben –, ich lag noch im Bett, als meine Mutter mit Ihrem parfümierten rosa Umschlag heraufkam. – Lügen, Lügen, alles gelogen, sie steht immer viel früher auf als die Mutter.

Ich nahm den Brieföffner, den ich vom Notar bekommen habe – den Brieföffner mit dem Drachen, den ich am liebsten vom Schreibtisch des Notars stehlen würde –, und las freudig Ihre Einladung. Ich küsste die Briefmarke, die Sie auf den Umschlag geklebt haben, und natürlich habe ich als Erstes nachgesehen, was am Ende steht.

Nein, Rolien kann in aller Ruhe warten. Denn die Klasse mit den siebenunddreißig Schülern bietet viel Abwechslung, und außerdem gibt es die neuen Bücher mit den glatten Seiten, in die man wegen des erregenden Geruchs des Unbekannten ständig die Nase steckt. Der Inhalt der Bücher reizt sie nicht, bis auf wenige Ausnahmen; beispielsweise, wie es gedruckt ist, mit freundlich einladenden Buchstaben inmitten von viel Weiß oder sparsam, mit dicht gereihten Lettern. Das unterschiedliche Format gefällt ihr. Sie baut einen Bücherturm: unten der große Atlas und obendrauf das kleine Taschenwörterbuch, Fräulein Volas Geschenk zur Aufnahmeprüfung. Und dann spielt sie mit sich selbst Blindekuh. Sie schließt die Augen, greift zu und sagt: »Ich hasse dieses Buch.« Öffnet die Augen, und es passt genau. Es ist das Geometriebuch. »Und das mag ich am meisten.« Aber jetzt schummelt sie, sie luchst durch die Wimpern auf den einzig nicht eingeschlagenen Rücken, das Stilbuch; sie liest Synonyme und Antonyme, unbekannte Redewendungen und halbe Sprichwörter, die man zusammenpuzzeln muss. Und dann kommt das, weshalb sie dieses Buch lieber als alle anderen mag: Es gibt ganze Seiten voll schwarzweißer Bildchen, die Teile einer Geschichte sind, wie bunte Perlen, die man selbst auffädeln darf, schließlich eine Kette bilden. Da ist das Männchen mit den quadratischen Beinen, das sich in traditioneller Weise vom Elternhaus verabschiedet; die Mutter, die sich schluchzend auf den Tisch wirft, auf eine dünne, wacklige Tischplatte, auf der ein Milchkännchen wie durch ein Wunder nicht umkippt; und in einer Abfolge von Abenteuern taucht immer wieder dieses Männchen auf. Doch dann kommt der Tag, an dem es als reicher Herr im Pelzmantel und mit vielen Koffern bang am Friedhof entlangtuckert, erfüllt von dem beklemmenden Gedanken, dass die Mutter vielleicht nach all den Jahren unter so einem kleinen Holzkreuz liegen könnte; und als letztes Bild noch einmal das Männchen, das vorsichtig auf die Türklinke drückt und die Mutter genau so vorfindet, wie er sie verlassen hat: vorgebeugt auf der dünnen, wackligen Tischplatte liegend, mit dem nicht umgekippten Milchkännchen, aber diesmal nicht schluchzend, sondern beim Mittagsschläfchen, dessen süßes Erwachen er jetzt mit ihr genießt.

Und dann gibt es noch das Mädchen, das Ballerina werden will. Auf dem ersten Bild sieht man es in einem Alter, in dem Babys normalerweise noch krabbeln, schon springen. Auf dem zweiten spielt die Mutter Klavier und der Vater Violine, und Ninette – wie könnte sie anders heißen als Ninette – tanzt Walzer. Das achte Bild zeigt einen vollen Theatersaal: Herren mit Opernglas lehnen sich so weit aus ihrer Loge, dass sie fast in die Hutgärten der Sperrsitzreihen stürzen. Und Ninette Brandary, inzwischen die glückliche Gattin des Dirigenten, taucht in ihre rosa Tüllwolke und federt wieder heraus. Erfolg, Erfolg, aber in der Bildergeschichte fehlt etwas. Denn wo sind die Kritiken? Wo ist das ihr verehrte Klebealbum, das sie mit einem Naserümpfen zurückweisen wird, das ihr der Bewunderer aber trotzdem dalässt, weil er wohl weiß, wie gierig sie es von vorn nach hinten und von hinten nach vorn mit ihren Augen verschlingen und mit ihren Händen liebkosen wird.

Oh, zwischen dem ersten und dem letzten Bild liegt eine ganze Welt, immer wieder nimmt das Leben an dem einen oder dem anderen Tag eine glückliche Wendung. Jeder wird hier, was er sich als Kind gewünscht hat. Nicht ohne Schwierigkeiten oder Gefahren und auch nicht, ohne einmal tüchtig ausgelacht zu werden. Doch das können sie ertragen. Das ärgert Rolien ein bisschen. Denn sie erträgt das nicht. Vor Spöttern, einerlei ob jünger oder älter, nimmt sie Reißaus. Und ungebeten kehrt sie zu ihnen zurück – sie braucht sie, wie der Zahnarzt den Bohrer. Von der Flucht vor sich selbst kehrt sie allerdings nie wieder ganz zurück. Damit wird der Abstand zwischen Rolien und Ralien von Tag zu Tag kleiner; Ralien gewinnt und Rolien verliert. In schwierigen Momenten verkriecht sich Rolien sogar freiwillig in Ralien; doch bei ihrem letzten Erlebnis mit den sieben sogenannten Freundinnen ist Rolien nicht einmal mehr in der Lage zu kriechen, und Ralien frisst Rolien und ihr Spiel so vollständig auf, dass sie nicht mehr existiert: Das Problem, obwohl gelöst, lässt als einzige Möglichkeit die Befreiung einer minimierten Rolien zu.

Der Gedanke, der ihr diese Erfahrung beschert, kommt ihr unvermutet an einem Sonntagabend. Beim Gänsespiel mit ihren Schwestern und Marguérite landet sie zum x-ten Mal im Gefängnis. Die Teekanne und die Schälchen sind leer, das Zimmer ist warm und Rolien schläfrig. Sie betrachtet die Haare der drei Mädchen, seidige, gepflegte Haare. Sechs Tage in dem Gässchen hinter der höheren Schule, und der Nissenkamm würde auf seinem wöchentlichen Marsch einen leichten Sieg erringen. Von den Haaren steigt sie zu den deutlich sichtbaren Brüsten von Agnes und Marguérite hinunter: Ballons mit kleinen Spitzen, insbesondere die unruhigen von Marguérite. Rolien ist neidisch. Wie lange wird es noch dauern, bis sie genauso aussehen wird? Neid wird zu Mitleid angesichts der flachbrüstigen Mieke, die fast zwei Jahre älter ist als sie.

Unterdessen kommt keiner, um sie aus dem Gefängnis zu erlösen. Die anderen spielen miteinander, verschlingen gierig die gewonnenen Pfeffernüsse und scheinen sie völlig vergessen zu haben. Unbemerkt verschwindet sie nach oben und liest noch einmal das letzte Kapitel von *Die Kinder von Frau Staphorst.* Sie denkt, wie schön es wäre, wenn die unten ihr jetzt zuhören wollten und ihr sagen würden, wie sie das Buch finden, oder sie drängten, ein Gedicht vorzutragen. Aber Agnes, Mieke und Marguérite sind anders, und deshalb sind die Sonntagabende auch so öde. Sie will nichts mehr damit zu tun haben, mit diesem dummen Gänsespiel und diesen kindischen Unterhaltungen. Ralien ist ihr jetzt ganz nah. »Ich würde dich gern sehen«, sagt sie, »ich wollte, du wärst sichtbar und könntest mir gegenüber sitzen; du und ein paar Mädchen aus meiner Klasse: Titi mit ihrer Tati und Luus mit Laas und Bertje mit ihrer Bartje, Sophie und Saphie und Marie … nein, Marie muss allein bleiben, die hat schon ein a in ihrem Namen, und Riek mit Rak und …«

Dann kommt ihr ein Gedanke, so aufregend, dass Ralien sie zur Gelassenheit mahnt. Vergeblich, Rolien sucht in einer Schublade voller Papier, holt einen Block und acht Umschläge heraus, stößt in ihrem Ungestüm gegen die rosa Puppenwiege. Dora fällt heraus, und ihr linker kleiner Finger rollt unters Bett. Rolien bückt sich, um den Finger aufzuheben, und schaudert bei der Erinnerung an den Silberfaden. Beim Schreiben des ersten Briefs verwandelt sich das Schaudern in Beben.

»Rolien, Rolien, du bist aus dem Gefängnis erlöst!«, ruft Agnes von unten. Aber Rolien antwortet nicht, und als der achte Brief geschrieben ist – die erste Bekanntschaft mit dem einfachen Abschreiben gefällt ihr –, schleicht sie auf Zehenspitzen die Treppen hinunter, aus dem Haus. Und in sieben Häusern lässt sie ihre Nachricht durch den Briefschlitz ans Ziel gelangen. Nicht acht, denn das Haus von Marie der Einsamen hat sie nicht finden können. Das erscheint ihr als gutes Omen.

Kurz vor dem Aufwachen nimmt der Brief in ihrem Traum riesige Ausmaße an. Er besteht aus acht rosa Blättern und bedeckt die Wände von zwei Zimmern. Die mit roter Tinte geschriebenen Worte stehen zusammenhanglos neben- und durcheinander. Sie liest: Leseclub, Gänsespiel, Gefängnis, närrisch und Spielchen, und wieder Leseclub, Ninette Brandary, Bara Clalto, Clara Balto, Clara Balto und närrisch … größer: närrisch … noch größer: närrisch … dann taucht Marie auf. Sie trägt ein langes Trauerkleid und weint ganz laut. »Warum darf ich nicht mitmachen?«, fragt sie. Und Rolien: »Weil du niemand in dir hast.« Worauf Marie zuerst ihr Kleid auszieht, dann den Unterrock und anschließend das Hemd. Zwei große Brüste kommen zum Vorschein, und Rolien berührt die Brustwarzen. Die sieben rosa Blätter fallen von der Wand auf ihr Bett; die sieben Freundinnen legen sich darauf und hören sich Roliens ersten Beitrag an: *Puppenfinger und Menschenfinger*. Aber die inzwischen splitterfasernackte Marie lenkt die ganze Aufmerksamkeit auf sich, und damit geht jedes Wort verloren. Sie wirft ihre Beine in die Luft, schließt sie, dass es klatscht, ihre großen Brüste schaukeln mit. Dann fängt sie an zu singen: »Oh, Spielchen, Spielchen von 'nem Narr, 'nem größeren Narr, noch größeren Narr, Narr, Narr, Narr, Narr, Narr … wahr … wahr … wahr … wahr …«

Der Wecker und der Morgen und der Brief, der echte Brief. Auf dem Schulweg denkt Rolien: Es ist genau so, wie ein schönes Buch zu lesen. Zwischen Daumen und Zeigefinger fühle ich, wie die letzten Seiten weniger werden. Oh, sie darf noch nicht zu Ende sein, die Geschichte, ich lege sie kurz weg. Ich kann nicht, ich fange wieder zu lesen an; ich blättere die Seiten um, noch drei, noch zwei und jetzt ist es zu Ende. Zu Ende? Nein, es fängt gerade erst an. Jetzt kommt Ralien, sie erzählt alles noch einmal, nur schöner, noch viel schöner.

Aber kann dieses Treffen mit den sieben Freundinnen schöner werden als ihre Erwartungen? Schwarz auf Weiß haben sie ihren Plan zur Gründung eines literarischen Sonntagabendclubs zuhause erhalten, sie werden ihn begeistert aufnehmen, dann pssstt! rufen, um ihr, Rolien, das Wort zu erteilen.

Die ersten zehn Minuten läuft sie schnell, für die letzten drei Minuten bleiben fünf kleine Schritte, langsam, langsam und noch ein einziger, großer Schritt. Dann steht sie vor der Schule. Jetzt ist es zu Ende. Zu Ende? Nein, es fängt gerade erst an.

9
Popul versagt

Man hat Augen, um zu sehen, und bis heute hat Rolien ihren Augen immer vertraut. Die schauen für sie und bringen sie manchmal dazu, den Kopf wegzudrehen, zum Beispiel wenn ein Hund unter die Straßenbahn kommt oder wenn sich zwei Menschen küssen oder wenn ein Junge an einem Baum steht. Sie sind nicht dafür verantwortlich, falls sie dann trotzdem hinsieht, sie haben sie gewarnt. Sie wollen das Beste für sie und haben sie nie, wirklich niemals getrogen. Aber jetzt sind sie gemein und falsch und lassen sie die Dinge sehen, wie sie nicht sein können. Denn es erwarten sie nicht sieben Freundinnen, sondern mindestens dreißig, und als sie um die Ecke kommt, schließen sie Rolien in einen großen Kreis ein und tanzen mit Hopseschritten, wie in der rhythmischen Gymnastik, um sie herum und singen und kreischen: »Rolientje, Rolientje, darf ich bitte auch in deinen Club, ach Rolientje, ich möchte auch so gern mitmachen.« Aber woher kommt der Gedanke, dass diese Augen falsch liegen? Natürlich wollen alle dreißig mitmachen, sie sind neidisch auf die sieben. Schau dir nur Marie an, die Einsame, sie trägt kein Trauerkleid wie heute Nacht, aber ihre Brüste sind tatsächlich üppig und schaukeln und ihr Gesicht ist rot vor Neid. Aber Titi mit Tati, warum kommst du nicht zu mir, warum machst du bei denen mit, du darfst doch in meinem Club mitmachen. Du darfst sogar Präsidentin sein. Oh falsche Augen, es ist noch schlimmer als falsch, was ihr mir vorführt, es ist wahr.

Du hast Augen zum Schauen, und manchmal, wenn sie Mitleid mit dir haben, machen sie alles vage. Dann musst du es nicht so genau sehen. An diesem Morgen helfen die Hände den Augen. Sie schieben den sich bewegenden Kreis, der kleiner und enger wird, von sich weg. Und es gibt ein Lied, das sie mit einem Mal laut singen möchte, ein Lied, über das sie immer hat lachen müssen: Schlecht ist schlecht und gut ist gut, egal ob Freund oder Feind es tut. Tut hier der Freund Schlechtes oder der Feind Gutes? Und wo hört die Freundschaft auf und wo beginnt die Feindschaft? Jetzt können die Hände nicht weiter schieben. Denn die dreißig haben sie eingekesselt.

Sie steht Titi direkt gegenüber, Titi, die gestern noch (ist es erst gestern gewesen, es scheint ihr Wochen her) über unzertrennliche Bande in den Mädchenjahren gesprochen hat. In der Geometriestunde hat Rolien ihr mit einer Nagelschere eine Locke abgeschnitten; diese Locke hat wie etwas Lebendes, wie eine Art seidiges Reptil, einen großen Tintenklecks auf dem Schreibpult bedeckt, und bevor Titi ein Löschblatt darunter schob, hat Rolien sie Tati getauft (ohne Titi die Bedeutung von Tati zu erklären). Und sie haben Tati gemeinsam in das rosa Löschblatt gewickelt, mit einem lila Faden und einer Schleife obendrauf. Aber gleich danach hat Titi Tati noch einmal sehen wollen. Also haben sie Tati wieder ausgepackt und abwechselnd an der Locke gezogen, die sich von selbst wieder aufrollte, und Rolien hat von ihren Erfahrungen mit unsterblichen Puppen erzählt. Dann haben sie mit Locken einen Versuch gemacht, nicht mit Dauerwellen, sondern, notabene, mit echten. Und deshalb hat Titi auf das rosa Löschblatt geschrieben: »Zehn Jahre nach dato zu öffnen«, und sie hat Tati wieder eingepackt, diesmal mit einer Doppelschleife obendrauf. Man kann alles immer noch schöner machen, wenn man es nur oft genug wiederholt. »In zehn Jahren«, hat Titi geflüstert, »ist Tati vielleicht vermodert oder es liegen nur noch drei eklige Haare drin. Aber wo ist dann der Rest geblieben?«

»In zehn Jahren«, hat Rolien zurückgeflüstert, »bist du längst verheiratet, und ich, ja, ich vielleicht auch.« Aber sie hat zu laut geflüstert und die Lehrerin neugierig gemacht. Die hat sie vor die Wahl gestellt: Laut sagen oder vor die Tür. Es war kalt, und deshalb hat Rolien geantwortet: »Ich sagte, dass ich noch in zehn Jahren nichts von dieser Geometrieaufgabe kapiere, begreifen werde, meine ich.« Über diese faule Ausrede haben alle gelacht, bis auf die Lehrerin natürlich.

Und dann ist Popul gekommen. Popul ist die Popularität, die ihr die Masse so einfach entgegenbringt. Popul piekst dich in die Wangen, lässt deine Ohren erglühen und dich auf die Lippen beißen, um nicht laut loszuprusten. Popul gibt dir einen aufrechten Gang, selbst wenn du noch so sehr die lästige Stelle links unten spürst, die in der Spitze deines linken kleinen Fingers endet und dich zwingt, ständig mit der linken Schulter zu zucken und diese Fingerspitze gleichzeitig kräftig zwischen deinen rechten Daumen und Zeigefinger zu kneifen. Popul verschafft dir ein sicheres Auftreten: nicht das von Fräulein Vola, die Leute aus der Straße hinter ihrem Haus nur mit gerümpfter Nase grüßt, oder wie das von der Frau des Notars, die für eine einzige Kirschpraline zehn Mäusebisschen braucht, sondern ein Auftreten, das darin besteht, närrische Sachen zu machen und andere Verrücktheiten dagegen zu unterlassen. Die Närrische zu spielen ist ganz leicht: Sie muss nur ihre Augen doppelt so groß machen oder ihre rechte Wange aufblähen oder mit einem kindischen Gesichtsausdruck am Daumen lutschen, dann kommt Popul aus allen Ecken gleichzeitig angerannt, tröpfelt von der rissigen Decke auf ihren Kopf, über ihr Gesicht und krabbelt vom staubigen Boden an ihren Beinen hoch.

Und welche Verrücktheiten du bleiben lassen musst, das bringt dir Popul gleichsam mit links bei. Nichts erscheint verrückter, als vor sich hinzustarren, ohne etwas zu sehen, ohne etwas zu hören – ein lauschendes Schaukeln, so drückt Ralien das aus. Das dulden die Mitschülerinnen nicht. Sie schicken ihr winzig zusammengefaltete Briefchen, jede in ihrem eigenen familiären Sprachgebrauch, ob sie denn irre, durchgeknallt oder meschugge sei. Als sie eines nach dem anderen auf ihrem Schoß auffaltet und die abfälligen Worte liest, sticht Popul erneut zu, aber jetzt ist es wie ein Wespenstich. Und gegen diesen kranken Popul gibt es nur ein Mittel: die Augen wieder doppelt so groß machen, die rechte Wange aufblähen oder mit einem kindischen Gesichtsausdruck am Daumen lutschen. Und dann läuft und tröpfelt und krabbelt es erneut.

Sie steht jetzt wieder Titi gegenüber; wie lange und wie oft hat sich dieser enge Kreis um sie herum bewegt? Oder dreht sie sich, und der Kreis steht still? Wie wenn man in einem Zug sitzt, neben dem ein anderer wegfährt, und man, um sicher zu sein, dass der eigene Zug stillsteht, hinaussehen muss, um zu prüfen, ob sich nichts weiter verändert.

Aber ihr rechter Fuß hat vor Langeweile zu kribbeln angefangen wie Sprudelwasser, und weil man auf einem Sprudelwasserfuß unmöglich gehen kann, weiß sie, dass sie sich nicht gedreht hat. Vielleicht hat sich auch gar keiner gedreht, denn der Kreis ist so eng. Das, was sie mit den Augen festgehalten hat oder was ihre Augen für sie festgehalten haben, ist noch immer dasselbe: Titis linke Schulter, die durch das weiße gesmokte Voileblüschen scheint. Das ist mit einem Mal so vertraut, dass sie laut denkt: »Tati!« Leuchtet ein goldener Glanz auf Titis Gesicht?

Sie kreischen erneut: »He, Rolientje, so ein toller Club, darf ich auch was schreiben?« Und in diesem Gekreische bringen sie den goldenen Glanz zum Verschwinden. Dann kreischt auch Titi wieder mit.

Als die Schulglocke läutet und Rolien in den Eingang geschoben wird, verschluckt Ralien gerade das letzte Restchen Rolien. Es tut nicht einmal mehr weh.

Üblicherweise dauert ein derartiger Zustand nicht sehr lange. Dafür sorgt schon Popul. Er erlöst Rolien so gut und so schnell er kann von Ralien. Denn er lässt diese winzigkleine Rolien, die herauskommt, beunruhigend schnell wachsen. Bei diesem Tempo spüren weder er noch sie, dass sie jedes Mal ein wenig an Länge und Gewicht verliert. Und die Klasse mit den sechsunddreißig Schülerinnen kann wieder die Antworten und das Mienenspiel der siebenunddreißigsten Schülerin bewundern.

Doch diesmal nimmt alles einen anderen Lauf. Popul hält sich verborgen, und Rolien bleibt als Häufchen Elend am einen Ende der Bank; am anderen sitzt Titi. Wenn die Bank im Freien stünde, würde ein Windstoß genügen, um die beiden Mädchen aus dem Gleichgewicht zu bringen. Aber sie steht in einem geschlossenen Klassenzimmer: Draußen hängt eine blaue Luft, drinnen eine graue, in der Lehrer und Schüler atmen, sich bewegen und schweigen. Es gibt eine schriftliche Chemiearbeit, denn »das Molekül« will einen Groschen sparen: Die Ausleihfrist seiner Wochenlektüre endet nämlich heute Abend. Außerdem, man wird schließlich nicht Lehrer, um ewig zu unterrichten; und so eine Klassenarbeit flößt Schrecken ein und erzeugt Respekt. Außerdem ist er sehr wohl imstande, ein Buch zu lesen und gleichzeitig Aufsicht zu führen. Ein Pfiffikus, nicht wahr, sozusagen der Pleonasmus vom intelligenten Lehrer, was gleichfalls rechtfertigen soll, dass er, wenn er nicht liest, sein Gehalt damit verdienen kann, unter den Pulten nach den am weitesten entwickelten Mädchenbeinen zu spähen. Heute ist Rolien ein Häufchen Elend, und auch an anderen Tagen kommt sie nicht in Betracht; sie ist dafür noch immer zu schmächtig und zu schlaksig. Und Titi hat auch keine Chance, weil in der Reihe neben ihr Marietje Troeber sitzt, deren wachsender Reichtum an Sex-Appeal alle anderen aussticht.

Allerdings scheint »das Molekül« stets zu hoffen, etwas noch Sex-appealerisches zu finden. Deshalb späht er immer weiter, bis ihn der Magnet Marietje doch wieder kurz vor Titi anzieht.

Die Chemiefragen sind kompliziert, und da die Zahlen in den Formeln zudem nicht stimmig sind, wird der Abstand zwischen Rolien und Titi immer kleiner; zuerst normal, dann anormal, bis die Faltenröckchen miteinander verschmelzen. In diesem Stadium stößt Titis Ellenbogen gegen den von Rolien. Rolien schreckt zusammen und zerknittert ein Zettelchen. Es fällt herunter, und Titi hebt es auf. Ihr Kopf stößt gegen Roliens Kinn, so fest, dass Roliens Zähne knirschen und vier Mädchen sich überrascht umdrehen.

Popul gerät in Bewegung. Will er doch noch zurückkommen? Zähneknirschen ist etwas Närrisches, zu dem er dich bringt. Die Chance ist also groß ... aber Titis Neugier ist schneller. Und obwohl Rolien vom »Molekül«, dessen Augen wie vergnügt surrende Schmeißfliegen auf Marietje Troebers seidigem rechten Wadenbein herumgeistern, nicht viel zu fürchten hat, vor so etwas Heiklem wie einem Lehrer bei einer Klassenarbeit muss man sich doch immer ein wenig in Acht nehmen. Deshalb kann sie nicht verhindern, dass Titi das bewusste Zettelchen auffaltet und liest. Unterdessen verlagert sich Marietje Troebers seidiges rechtes Wadenbein von neben der Bank nach unter die Bank. Von dieser abrupten Bewegung aufgeschreckt, verschwinden die vergnügt surrenden Fliegen im Nichts. Und die Augen »des Moleküls« spähen, bevor sie wieder im Roman versinken, durchs Klassenzimmer. Bei Rolien angekommen, halten sie inne. Ein väterlicher Ausdruck tritt auf sein Gesicht, und er fragt: »Rolientje, du bist so blass, fühlst du dich nicht wohl?«

Sie schaut auf. Sie sieht die gemeine rote Wucherung neben seiner Nase: Es wird behauptet, sie sei der Lohn für seine durch ewige Wissbegier gestörten Gase. Ihr scheint es so, als ob dieser rote Knoten ihrem Mund ganz nah käme, sie streckt die Zunge heraus, um ihn zu berühren, und antwortet: »Mir ist so schlecht.« »Dann geh nur schnell, Kind.«

Jemand kichert, eine andere zwinkert, man hört Gemurmel: »Die läuft aufs Klo, um zu spicken.« »Das Molekül« drängt: »Schnell, Mädchen, schnell, beeil dich ein bisschen.« Und als die Tür zufällt, überlegt er, ob sie sich den Finger in den Hals stecken wird, bis sie würgen muss. Ihm hilft das nicht, nichts hilft; welch eine Qual, wenn einem allein durch den Gedanken schlecht wird. Am besten ist es, sich fest die Nase zu schnäuzen und dann aufzupassen, bevor man weiterliest. Denn die Klasse ist unruhig: »Heda, junge Dame, du da, was liegt denn dort auf deinem Schoß?«

10
Sankt Martin und Schaffhausen

In der frisch gestrichenen Toilette mit dem quadratischen Duftstein an der Wand und den rätselhaften Inschriften an der Tür setzt sich Rolien auf den geschlossenen Klodeckel. Eigentlich muss sie nicht, aber jetzt, wo sie sitzt, muss sie doch und trifft deshalb Vorsorgemaßnahmen, öffnet den Deckel, streift die Hose hinunter und setzt sich wieder. Und während sie das Klopapier schnell abrollt und langsam wieder aufrollt, zieht, inspiriert von der vorgetäuschten Übelkeit, eine Kindheitserinnerung wie ein Film an ihr vorüber.

Es ist der 11. November. Die Kinder aus den Armeleutestraßen klingeln an den Häusern in den Reicheleutestraßen. Sie kommen mit bunten Laternen, in denen, je nach Laune des Winds, schwankende Kerzchen brennen oder vorzeitig verlöschen. Rolien (war sie sechs oder schon sieben?) hört sie singend die Treppen zum Souterrain hinuntertrappeln; es kommt ihnen nicht in den Sinn, die Treppe zu nehmen, die zu der vornehmen Eingangstür führt: Messingklingel, Türknäufe und das echte Lips-Schloss, das Diebe abschrecken soll, sehen zu imposant aus, als dass sie sich von Kindern mit Rotznasen, Nägeln mit Trauerrändern und halb zerfetzten Laternen derangieren ließen. Klingeln, Knäufe und Schlösser sind freundliche Instrumente, denn wenn sie etwas nicht wollen, warnen sie einen unbemerkt, wie es schließlich die meisten Gegenstände tun. Jetzt zum Beispiel will sich das Klopapier mit einem Mal nicht mehr aufrollen. Es schlägt Falten und Knicke und pfropft sich zusammen. Das Papier hat das Theater inzwischen gründlich satt, es will wieder zum fröhlichen Abrollen zurück. Die Sonne scheint Rolien so warm auf den Kopf, dass sie ihren Rock darüber zieht. Und in der kleinen sicheren Kabine läuft der Film jetzt weiter vor ihr ab. An jenem Abend haben sie Kartoffelstampf mit orangeroten Steckrüben gegessen. Ihr Teller ist schon leer, als die anderen noch kaum angefangen haben. Schnell holt sie die große Tüte mit den Keksen und die Dose mit den halben Cents aus dem Schrank und wartet hinter der Tür auf die ersten Kinder. Sie singen fast alle dasselbe Lied:

Sankt Martin, Bischof Martin.
Sankt Martin, Bischof Martin,
Er kommt aus fernem Lande,
Und dass wir hier mit Lichtern laufen,
Bringt uns keine Schande.
Hier wohnt ein reicher Mann,
Der uns wohl was geben kann.
Gib mir 'nen Apfel, 'ne Birn wär famos,
Dann bist du mich bis nächstes Jahr wieder los.

Einige kennen noch einen anderen Reim. Aber diesen mag sie lieber, vor allem wegen des Wortes Schande, das eigentlich kein Wort ist und das sie, obwohl sie noch so klein war, schon damals im Wörterbuch nachgeschlagen hat. Unehre antun, als sie das dann weiß, mag sie es noch lieber. Es gibt nun mal Wörter, die zu einem gehören. Sie hat jetzt schon zehn davon, Schande ist das älteste, dann kommen drei, nein vier sehr schmutzige, und Ohrfeige, eindrücklich, und das Wort von Klaas, das sie noch nicht kennt, er hat nur gesagt, dass es mit einem L anfängt, und dann natürlich noch Spiel und närrisch. Gierige Sankt-Martinskinder setzen mit furchterregend lauter Stimme ein, bei der dritten Zeile summen sie nur noch, und bei der fünften stürmen sie schon wieder die Treppe hinunter. Und die Faulen beißen lieber gierig in den Apfel aus einem anderen Haus und lassen die Jüngeren singen. Rolien kennt kein Mitleid. Sie will für ihr Geld etwas zurückkriegen, und sie gibt nichts, bevor sie nicht von allen zusammen die Zeilen gehört hat. Dann erst teilt sie aus.

»Ha, Kekse«, sagen die Jungs, und »oh, Kekse«, die Mädchen, und bei den halben Cents im Chor: »Prima, Knete!« Es kommen immer mehr, denn einer sagt es dem anderen weiter: »In Nummer dreizehn, da kriegt man halbe Cents.« Sie ist also gezwungen, ökonomischer vorzugehen, von nun an werden nur noch die über elf in klingender Münze ausbezahlt. Jetzt ist es wie in der Straßenbahn: Sie bekommt die Rolle des Schaffners, der ihnen glauben muss. Der kleine Knirps mit der grünen Rotzglocke an der Nase sagt, er sei gestern elf geworden. Er zeigt ihr sogar seine Wollhandschuhe, das Geburtstagsgeschenk der Gnädigen seiner Stiefschwester; aber das ist keine Garantie, Handschuhe kann man auch kriegen, wenn man acht wird. Aber er sagt es eben, also ist es so, ist es so, ist es so, und mit drei gleichen Sätzen jagt man das Gefühl der Ohnmacht husch, husch davon. Irgendwann sind die halben Cents alle, die letzten davon bleiben am Dosenboden kleben. Irgendwann sind die Kekse alle, von denen sie, als weiblicher Sankt Martin, natürlich keinen einzigen für sich abgezweigt hat. Griet schließt die Souterraintür, und hinter der Gardine sieht sie die letzten Lichter flackern und hört in der Ferne noch von Sankt Martin und der Birn singen.

An dem bewussten Abend hilft ihr die Mutter beim Ausziehen. Vor ihren schläfrigen Augen drehen sich bunte Laternen. »Setzt du mich um zwölf aufs Töpfchen?«, fragt sie. Große Leute gehen schließlich allesamt um zwölf Uhr zu Bett, und kleine aufgeregte Mädchen träumen manchmal so viel, dass sie das Töpfchen vergessen und erst daran denken, wenn es zu spät ist. Also braucht es diese Verbindung Mitternacht – große Leute – kleines Mädchen, um das Töpfchen rechtzeitig in der Kuhle des weißen, warmen Lakens finden zu können. Der große Mensch hält das schlafende kleine Mädchen fest, dann gibt es ein leises Geräusch, und sobald dieses Geräusch verstummt, hat es sie ein ganz klein wenig wachgemacht, gerade so viel, um »fertig« zu wispern. Dann rutscht sie wieder vom Töpfchen in die Arme der Mutter, in das weiße, warme Laken und träumt weiter. Und am nächsten Morgen fragt sie ungläubig: »Hast du mich wirklich um zwölf Uhr aufs Töpfchen gesetzt?« Eines Tages hat ihr die Mutter trocken geantwortet: »Ich nehme dich schon viele Nächte nicht mehr hoch. Das ist etwas für ganz kleine Mädchen, dazu gehörst du schon lange nicht mehr.« Aber es ist so ein beruhigendes Gefühl, wie ein ganz kleines Mädchen behandelt zu werden, und weil man – laut Griet – immer fragen kann, denn Fragen kostet schließlich nichts, fragt sie weiterhin jeden Abend: »Setzt du mich heute Nacht um zwölf aufs Töpfchen?« An diesem Abend hat ihre Mutter ausnahmsweise noch einmal auf sie gehört und ist deshalb um Mitternacht mit dem Töpfchen und einem Mann an ihr Bett gekommen. »Das Kind hat sich solche Sorgen gemacht«, entschuldigt sie sich vor dem Mann, »dass ich es heute Abend noch einmal so mache wie früher.« Rolien ist, ganz gegen ihre Gewohnheit, auf Anhieb hellwach und ruft: »Oh, Onkel Kobus, oh, schöner Onkel Kobus, wie bist du hierhergekommen?« Sie ist an ihm hochgeklettert, an diesem Streuneronkel mit dem schwarzen Bart, der nur zum Übernachten kommt. Es ist das zweite und letzte Mal in ihrem Leben, dass sie ihn sieht. Denn das Schiff, das ihn zu den Schwarzen bringen sollte, ist auf eine verirrte Mine aufgelaufen und mit Mann und Maus, einschließlich des schönen Onkel Kobus, untergegangen. Als sie sich so an ihn schmiegt (er ist warm und stark), kommt plötzlich dieses flaue Gefühl. »Steck den Finger in den Hals, Kleine«, sagt Onkel Kobus, und da sie zögert, steckt er ihr schon seine dicken, warzigen Finger in den Mund. Orangerote Steckrüben kullern neben und in das Töpfchen. Onkel Kobus stopft seinen Bart zwischen sein blaues Hemd und die Strickjacke. Seitdem hat sie keine Steckrüben mehr essen wollen, Orangerot hat sie auf ihrer Farbliste ganz nach unten verbannt, wodurch Lila im Wert stieg, und ein Finger im Hals ist zu einer von Raliens erfolgreichsten Sticheleien geworden. Wenn Ralien sie damit zum Gehorsam zwingt, denkt Rolien, dass sie ersticken und sterben wird. Tot ... tot ... bei diesem Wort ist der Jugendfilm zu Ende, tot hat mit der Wirklichkeit zu tun, und diese Wirklichkeit ist das Zettelchen in Titis Besitz. Jemand hämmert an die Tür, jemand springt gegen die Tür, einmal vergeblich, zweimal vergeblich (was wird das auf der blauen Farbe für Kratzer geben, denkt Rolien). Aber beim dritten Mal erscheint doch Titis Gesicht vor dem Fensterchen: »Mach auf, Rolien, wir haben Angst, dass du ertrunken bist.« Jetzt stehen sie gemeinsam in der frisch gestrichenen Kabine. »Warum hast du das geschrieben?«, fragt Titi, »warum schreibst du an dich selbst: Ich wünschte, ich wäre tot. Das darfst du nicht. Und du musst Gehänsel besser ertragen lernen. In unserer Klasse sind nun mal fast nur dumme, reiche Bauerntrinen. Die haben doch keine Ahnung, was in einem Leseclub gemacht wird. Wir werden beide Mitglied. Wir werden echte Freundinnen sein.« Rolien zieht ihr Höschen wieder hoch, klappt den Deckel zu. Noch während sie die Hand an der Spülkette hat, besiegelt Titi die Freundschaft mit einem Kuss. Dieser Kuss dauert zehn Sekunden. Gerade als sie die Tür schließt und wieder im Gang steht, imitiert der Spülkasten einen rauschenden Wasserfall. Seitdem bringt Ralien sie dazu, die Spülkette zehn Sekunden lang festzuhalten, dann muss sie wegrennen, weil sie das »Schaffhausen«-Rauschen draußen vor dem Klo, aber absolut nicht in der Kabine hören darf. Schaffhausen wird zum rauschenden Beginn dieser Freundschaft.

Ein Leierkasten macht dieser Freundschaft ein Ende.

11
Von Menschen und Tieren

Titi ist ein ganz besonderes Mädchen. Was sie nach Roliens Meinung von allen anderen unterscheidet, sind die gesmokten weißen Voileblüschen, die sie sommers wie winters trägt. In der heißesten Jahreszeit sieht man auf ihrer weißen Haut kleine Schweißperlen glänzen; und es muss nicht einmal besonders kalt sein, damit man sich mit dem Auftauchen und Verschwinden von Gänsehaut vergnügen kann. Vornehm und arm sind also durchaus nah verwandt. Denn wenn Titi bei Temperaturen um die null Grad ständig eines ihrer vier gesmokten weißen Voileblüschen trägt, und dazu noch zwei Diamantringe, einen von der adeligen Großmutter väterlicherseits und einen von einer verstorbenen Bürgermeistersgattin, die immer nach Fliederparfüm in einer Maiennacht roch, und so weiter und so fort, dann ist das aus Vornehmheit. Titi ist also vornehm, und dieser Vornehmheit wegen bibbert sie Gänsehaut in gesmokten weißen Voileblüschen, weswegen, in einem schäbigeren Zustand, ein anderes Kind auf der kalten Straße das ihm zukommende klassische Mitleid wecken würde. Titi ist sogar so vornehm, dass das Heer von Erziehern kritische Bemerkungen nur mit Blicken ausdrückt. Und bei ihnen zuhause gibt es eine arbeitslose Gouvernante, die auch nur noch mit Blicken ausdrückt, mit welch bemerkenswertem Talent ihr Schützling die aufgezwungenen Lebenstheorien systematisch zerstört. Als Rolien zum ersten Mal zu Titi kommt, hält sie Mademoiselle Piriou im Sessel am Fenster für Titis Mutter. In einem Giftigkeits-Singsang: »Bonsoir Albertine, vous venez encore avec une nouvelle amie?« Und Titis eindeutig holländische Replik: »Was geht dich das überhaupt an? Ich bin vierzehn, und du, Sie, haben mir nichts mehr zu sagen.« Nicht nur wegen Titis Worten, auch wegen Mademoiselles missbilligenden Blicken, in denen sich die ganze Machtlosigkeit und Begrenztheit pädagogischer Möglichkeiten offenbart, begreift Rolien, dass dies nicht die Mutter ist. Die Mutter taucht erst nach ein paar Wochen auf. Und Titis Vater zieht vor ihr den Hut und gibt ihr die Hand, als ob sie schon groß wäre. Einmal sagt er: »Ich habe Ihren Papa gekannt, er war ein wenig älter als ich und wohnte in einem anderen Viertel.« Mit der Betonung auf Viertel. Titi küsst ihn, sobald sie ihn sieht; er lässt es zu, küsst aber nicht zurück, sondern fragt nur: »Große Tochter, brauchst du Taschengeld?« Die große Tochter ist nicht mehr klein genug, um Nein zu sagen, wenn es eigentlich Nein ist, deshalb können sich die Freundinnen alles kaufen, worauf sie Lust haben. Das reicht von extra dicken Heften und Tintenstiften bis zu Törtchen, Broschen und sogar einer Pinzette. »Au«, sagt Titi, als Rolien damit kleine Flecken in ihre Augenbrauen zaubert, und »oh«, als ihre Mutter plötzlich im Zimmer steht. »Wie war die Reise, Mam?«

Mam sagt: »Splendid, darling«, und reckt ihre kirschrot angemalten Lippen vor.

Rolien studiert ihr Make-up. Das ist etwas Außergewöhnliches für solch ein kleines Städtchen, eine angemalte Dame mit Platinhaaren. Ach nein, angemalte Frau, denn Mieke hat gesagt, sie solle bloß nicht denken, dass Titis Mutter eine Dame sei. Sie balzt (Mieke lispelt und hat natürlich walzt gemeint), wo sie nur kann. Aber für Ralien, die derzeit viel in der Sphäre des Wortgeklingels weilt, ist sie ein wunderbares Objekt: »Ihre zierlichen kleinen Füße stecken in den entzückendsten Pantöffelchen; Seidenstrümpfe spannen sich um ihre wohlgeformten Beine, sie als Waden zu bezeichnen wäre ordinär. Weiter nach oben wandernd (denn Ralien beginnt aus Verlegenheit unten) werden wir ihrer bezaubernden Hüftlinie gewahr, die ein cremefarbener, seidiger Stoff umschmeichelt. Ein Perlenkollier lenkt die Aufmerksamkeit auf den üppigen Busen. Üppig, verglichen mit dem Rest. Die Halslinien verraten uns ihr Alter.« (Rolien: »Warum dieser Pluralis Majestatis, Ralien?«) »Uns, na logisch uns, denn das wird ein Artikel speziell für die Frauenseite. Wir schätzen sie auf zweiundvierzig. Das Kinn zeigt auch schon eine kleine Wölbung. Ihre Zähne schimmern wie die Perlen auf ihrem Busen, Brüste wäre zu vulgär, ihre Nase zeigt keck nach oben, und die Augen, ooh, diese Augen, Pünktchen, Pünktchen, Pünktchen.«

Ralien schweigt, denn Rolien, die einen so ungeniert anstarren kann, hört nicht mehr zu. Ooh, diese Augen, dieses zarte Grau.

»Spieleraugen«, flüstert Ralien doch noch kurz. »Blau umrandet, blass und bösartig, lebhaft und müde, vor allem müde.«

»Ich habe eine schöne Überraschung für dich, Liebling«, sagt die Mutter. Sie ignoriert Rolien. »Ernie wird demnächst zu uns ziehen. Sie kommt dann wahrscheinlich zu dir in die Klasse.«

»Das ist keine schöne Überraschung, Mam«, antwortet Titi, »ich habe eine Freundin, und drei ist eine zu viel.«

»Hurra«, schmetterte Ralien.

Nach sechs Wochen schmettert Ralien noch immer, obwohl sich dieses Schmettern inzwischen etwas gequält anhört und ihr »ura« eher wie das Holländisch einer Französin; nach neun Wochen bringt sie in den besten Momenten nur noch ein »ra« heraus, nach zwölf Wochen schweigt sie, bis sie in der dreizehnten Woche wie im Schwanengesang noch einmal das »Hurra« jubelt. Und danach bleibt nichts übrig außer der in weißes Papier mit schwarzen Lettern eingewickelten Erinnerung, die Rolien nie ganz hat begreifen können.

Bevor aber Ernies »demnächst« anbricht, feiert die Freundschaft im Zoo ein Fest der Phantasie; Ernie und die Zeitschriften für die Großen bringen die Katastrophe; vier harmonische Tage sind das Ende, dem ein anderes Ende definitiv ein Ende macht.

Zum Zoo müssen sie eine halbe Stunde mit dem Rad fahren oder anderthalb Stunden laufen. Wer ein Rad hat, denkt nicht an eine Straßenbahn, und wer gern den Arm um jemanden legt, der denkt nicht an ein Rad. Und deshalb gehen Rolien und Titi zu Fuß, und Rolien erzählt auf dieser Wanderung von ihren federleichten Füßen, Füßen, die stundenlang ohne müde zu werden weiterlaufen können, und das, obwohl sie in spitznasigen, verhassten Schuhen stecken. Es steckt also ein Herz drin, in all deinen Körperteilen steckt ein Herz. Und wenn du froh bist, sind all diese Teile ebenfalls froh, selbst wenn du sie in ich weiß nicht was für Scheußlichkeiten gehüllt hast. »Oh, sie werden leichter, immer leichter, Titi. Manchmal muss ich nachprüfen, ob sie überhaupt noch an meinen Beinen sind. Nein, nein, diese Schuhnasen sind nicht leer, deshalb kannst du froh sein, dass sich deine Füße dir nicht mehr zugehörig fühlen.« Titi schaut gerade nach oben und liest: Brombeerallee. So kommt es zu den brombeerigen Füßen. »Das Gefühl kenne ich auch«, sagt sie, »aber dann fast überall gleichzeitig. Wenn ich ohne Badeanzug schwimme, habe ich nur noch Lippen. Findest du nicht auch, dass Lippen ausreichen, um sich einen Menschen voll und ganz vorstellen zu können?«

»Nein, Lippen nicht«, sagt Rolien, »Augen schon. Nachdem ich deine Mutter gesehen habe, kann ich mir zu ihren Augen niemand anderes mehr vorstellen.«

»Aber du hast sie zuerst als Ganzes gesehen.«

»Als ich bei ihren Augen ankam, hab ich den Rest vergessen. Sie sind so müde.«

»Natürlich sind sie müde, sie ist ja fast immer auf Reisen.«

»Warum ist sie fast immer auf Reisen?«

Sonst sprechen sie an die hundert Wörter von einem Baum zum anderen. Jetzt ziehen aber bestimmt drei Bäume an ihnen vorbei (in der Brombeerallee laufen nicht brombeerige Füße an Bäumen, sondern Bäume an brombeerigen Füßen vorbei), bevor Titi antwortet: »Weil sie Vater nicht genug liebt.«

»Warum liebt sie denn Vater nicht genug, ich meine, deinen Vater?«

»Weil er sie nicht versteht.«

»Warum versteht er sie nicht?«

»Weil sie fast immer auf Reisen ist.«

Ein neues Spiel ist geboren. Die Bäume winken mit ihren Blättern, sie stimmen zu. Die Kühe muhen; es gibt doch immer so viel Überraschendes, wie der Klee, der plötzlich zwischen den Gräsern aufragt. Frösche quaken und Vögel zwitschern. Rolien hört all diese Geräusche. Das Leben ist herrlich. Mit Titi ist das Leben herrlich! Man kann alles Mögliche finden. Ein neues Spiel. Kein heimliches Spiel. Das Warum-Spiel. Kein Mensch auf der Welt hat es bisher gespielt. Der eine muss etwas sagen und der andere mit »warum« und demselben Satz antworten. Warum, endlos warum fragen. Bis der erste nicht mehr weiter weiß und zum Anfangssatz zurückkehren muss. Und wenn man dann die letzte Frage und die letzte Antwort wiederholt, begreift man mit einem Mal sehr viel. Die Augen von Titis Mutter sind so müde, weil sie fast immer auf Reisen ist und der Vater sie folglich nicht versteht. Reisen ist ermüdend, nicht wahr, und wenn sie nie zuhause ist, kann der Vater sie auch nicht verstehen. Man bekommt also solche Augen, wenn man viel unterwegs ist, man bekommt sie also nicht einfach so? Aber was passiert dann unterwegs?

»Warum kriegt sie solche müden Augen?«

»Weil sie so viele Menschen sieht.«

»Warum sieht sie so viele Menschen?«

»Weil so viele Menschen sie ansehen.«

»Warum sehen so viele Menschen sie an?«

»Weil sie schön ist.«

»Warum ist sie schön?«

»Weil sie so müde Augen kriegt.«

Man wird also schön, wenn einem viele Menschen müde Augen machen. Rolien versucht, Titis Mutter nachzuahmen.

»Bin ich jetzt auch schön, Titi?«

»Du siehst aus wie ein Affe.«

»Aber wenn ich wie ein Affe aussehe, dann müssen mich die Affen erkennen!« Oh, ein neues Spiel, wieder ein neues Spiel, wieder rauschende Blätter, muhende Kühe, quakende Frösche und zwitschernde Vögel.

Sie sind jetzt im Zoo beim Affenkäfig. Aber kein Einziger beachtet Rolien. Einer spielt mit seinem Jungen, ein anderer mit sich selbst, wieder ein anderer mit seinem Jungen und sich selbst. »Unbegreiflich«, sagt Titi, »du bist doch affiger als ein Affe.« Und vor dem Löwenkäfig: »Löwiger als ein Löwe, warum schauen sie denn nicht her?« Beim Spazieren: »Bäriger als ein Bär, elefantiger als ein Elefant, und känguruiger als ein Känguru.« Wegen der großen Quantität geht es mit der Qualität von Roliens Grimassen schnell bergab.

Sie wird ein gemeiner Wolf, ein gemeiner Hirsch, ein gemeines Kamel, eine gemeine Ziege und endet als gemeiner Fisch im Quadrat. Als sie kein anderes Gesicht mehr aus ihrem Gesicht machen kann, stehen sie vor den Papageien.

Sie sind nicht allein. Und die Papageien auch nicht. Denn sie kreischen gerade einen Mann mit einer gewaltigen Hakennase an. Er flüstert etwas zurück. Zwischen diesen Vögeln und diesem menschlichen Wesen gibt es Kontakt. Nicht nur den Kontakt über die ausgestreckte magere Hand, die Leckereien verteilt; es ist mehr. Der Mann wird erkannt.

»Oh, ich weiß«, ruft Rolien. Der Mann zischt: »Schsch-till, Sie machen ihnen Angst.« (Sie, hurra, endlich siezt sie einer; sie zieht an ihrem ersten Rock mit echtem Taillengürtel. Wenn jetzt noch der Saum raus darf, werden bestimmt bald mehr diesem höflichen Beispiel folgen.) »Oh, ich verstehe«, sagt sie jetzt leiser. »Tiere wollen nicht gefoppt werden, wir haben also nichts weiter zu tun, als wir selbst zu bleiben und unter den vielen Arten zu suchen, bis einer dich oder mich erkennt. Denn diese eine Art gibt es. Sieh dir nur mal den Papagei hier an, Titi, du kannst erraten, was er denkt: › ... wo habe ich den Mann nur schon mal gesehen ... war er früher nicht einer von uns ... du armer Mann, was hast du denn verbrochen, dass du dich in einen Menschen verwandeln musstest ... du magst nicht mal mehr Nüsse, denn du gibst alle weg ... glaubst du wirklich, dass du mit dem, was du jetzt isst, glücklicher bist ... du armer, armer Mann ... wann darfst du endlich wieder ein Vogel werden, die Nase hast du ja behalten ... oder hast du die vielleicht schon wieder zurückbekommen?‹«

Weiter auf der Suche nach Ähnlichkeit. Wieder Enttäuschung auf Enttäuschung. Sie werden einfach ignoriert. Auf der Suche nach Kontakt. Der Mann hier hat es nicht schwer. Jedes Mal, wenn er in den Spiegel blickt oder seine Nase berührt, denkt er an Papageien. Sie haben jetzt rote Limonade mit Strohhalm vor sich stehen, knabbern an einem Rippchen Schokolade und ruhen sich ein wenig aus.

»Vielleicht haben wir keinen«, sagt Rolien.

»Was keinen?«, fragt Titi zerstreut.

»Keinen tierischen Doppelgänger.«

»Du bist ein Eichhörnchen«, sagt Titi darauf. Sie sagt es so dahin. Als ob es kein Geistesblitz wäre. Stundenlang sind sie gelaufen und gelaufen und haben gesucht und gesucht und darüber geredet, und jetzt auf einmal, während sie nicht darüber nachdenkt, jetzt bildet sie sich ein, dass sie es weiß. Rolien, ein bisschen schnippisch: »Woran siehst du das? Und warum hast du es nicht gleich gesagt?«

Und Titi in einem Lachanfall: »Oh, genau wie ein Eichhorn. Dein Mund mit diesen kleinen weißen, knabbernden Zähnen. Komm mit, du wirst sehen, sie erkennen dich. Eichhörniger als ein Eichhorn, eichhörnigerer als ein Eichhörniger. Wenn die Leckerei alle ist, kriegst du noch eine. Knabbern, das ist nicht Foppen. Das gehört zu dir.«

»Glaub es nicht, glaub es doch nicht«, flüstert Ralien. »Wenn du es glaubst, seid ihr der Lösung ganz nah und es ist aus mit der Spannung. Such weiter; das Suchen macht dich froh und froh-müde und dann wieder froh. Mit der Lösung endet alles, dann ist das Spiel vorbei.«

Und die Eichhörnchen sind einer Meinung mit Titi. Sie springen von einem entfernten Ast auf einen Zweig, den man ergreifen kann und starren auf ihr Ebenbild. Das macht Rolien ganz verlegen: » ... deine Zähnchen hast du ja noch, kleiner Mensch ... nur schade, dass du diesen schönen Schwanz verlieren musstest ... Popul hätte ihn zu gern gehabt ...«

»Und wem ähnelst du, Titi?«, fragt Rolien.

»Im Zoo gibt es mich nicht. Schau dir mal meine Beine an, vor allem wenn ich gehe; denk nur an meine Gänsehaut, ich gehöre zu den Gänsen. Vielleicht begegnen wir ja unterwegs einer. Aber jetzt, wo wir die Lösung gefunden haben, macht es eigentlich keinen Spaß mehr.«

»Oh, Titi«, sagt Rolien, »unser Kontakt. Es fühlt sich an, als ob du in meinem Hirn bist. Ralien hat das auch gedacht.«

»Wer?«

»Nicht verraten, nicht verraten«, drängt Ralien.

»Ja, Rolien hat das auch gedacht. Ich Baby sein. Kennst du alle Kindersprachen von null bis sechs, Titi?«

Oh, ein neues Spiel, wieder ein neues Spiel, aber aus einer Lüge geboren. Jetzt also: stille Blätter, stille Kühe, stille Frösche und stille Vögel.

Nur Schaffhausen rauscht.

Rauscht wie nie zuvor.

12
Ja, warum frag ich es sie nicht

Dann ist Ernie gekommen. Am Tag von Clara Baltos Hochzeit. An einem heißen Tag mit weißen Spielzeugwölkchen am blauen Himmel. Rolien hat geschwänzt. Schwänzen, inzwischen ihr elftes Wort, ist aus dem bedauerlichen Missverständnis von erlaubtem und unerlaubtem Schulversäumnis entstanden. Hätte der Vater Griet mit einem Brief zur Schule geschickt, dass du ein paar Striche über Normal hast, dann wäre es erlaubt, zuhause zu bleiben; hättest du ein paar Striche darüber, ohne dass der Vater es weiß oder Griet deshalb losgeschickt wird, dann wäre es unerlaubt. Und du bekommst Temperatur, wenn du mit und in den aufregenden Gedanken lebst, die dich mit einer innig geliebten Lehrerin verbinden, die ihrerseits mit einem innig Geliebten verbandelt ist. Du bekommst glühende Wangen und kalte Hände und kalte Wangen und glühende Hände, wenn du dir vorstellst, was an diesem Tag wohl alles passieren wird. Das Schulschwänzen an sich vergisst du komplett, es ist nicht mehr wichtig angesichts so vieler wichtigerer Ereignisse an diesem Tag und angesichts des Ereignisses in der darauffolgenden Nacht. Titi bezeichnet es als Liebesakt. Und egal ob es jetzt Clara und Han sind oder ein anderes Weibchen und Männchen, es ist bei allen gleich. Rolien findet diese verkleinernden Gattungsbezeichnungen demütigend; Clara Balto ist eine große Frau und Han ein hochgewachsener Mann. Um anderen unerwarteten Demütigungen zuvorzukommen, hat Rolien Titi gebeten, das Thema rein wissenschaftlich zu behandeln. Deshalb erzählt sie von Blumen, Staubfäden, Stempeln und der Befruchtung, von Fliegen und Hunden, die Rolien häufiger beobachten solle. Miauende Katzen, Froschlaich, bleiche Gesichter und runde Bäuche sind die unvermeidlichen Folgen des Liebesakts.

Aber dann fragt Rolien trotzdem nach, wie die Leute Es denn genau machen.

»Ja, das weiß ich auch nicht. Aber heute Nacht hinterlässt Han garantiert irgendwas in Clara.«

»Und wenn jetzt Han Es in Clara hinterlässt oder Klaas später in Griet, dann heißt das Liebesakt? Und wenn Clara jetzt etwas in Han hinterlassen wollte oder Griet später in Klaas?«

»Aber Rolien, Clara und Griet haben doch nichts.«

»Nein«, hat Rolien gesagt, »Clara und Griet haben nichts, das weiß ich auch.« Dann ist ihr ganz heiß geworden vor Scham, weil sie sich unter diesem nicht vorhandenen Etwas nichts Rechtes vorstellen konnte.

Und so kam es zu dieser verkehrten Kombination – Strichelchen Temperatur und unerlaubtes Schulversäumnis.

Ja, und dann kam Ernie. Und ausgerechnet am heiligen Tag von Clara Baltos Hochzeit wird sie, begleitet von Titi, ihren glorreichen Einzug in die Schule halten. »Denn glorreich wird es sein«, hat Titi prophezeit. »Ernie ist stattlich und für ihr Alter weit entwickelt. Und Rolien, wo du nicht dabei sein kannst jetzt, musst du eben genauso wie Mademoiselle denken, wenn sie die sauren Trauben vergessen möchte: tant pis. Aber sprich es nicht Holländisch aus, sonst läuft dir doch noch das Wasser im Mund zusammen.«

»Du solltest nicht versuchen, geistreich zu sein«, hat Rolien geantwortet, »sonst kommt nur wieder Blödsinn dabei heraus. Zu hungrig, und du hast keinen Appetit mehr, zu fröhlich, und du wirst wieder traurig.« Und unausgesprochen: zu sehr Schaffhausen, und du bist wieder allein …

Jetzt steht sie vor der Rathaustreppe. Sie denkt, dass Clara und Han schon hineingegangen sind, dass sie gleich zusammen die Treppe herabschreiten (gehen wäre zu vulgär für eine Bewegung am Hochzeitstag) und sie dann hier vorfinden werden. Sie weiß, dass Clara Balto heute aus Prinzip nicht in Weiß gekleidet ist: eine farblose Farbe für unberührte, ungeküsste Kinder oder Erwachsene. Nach diesem Prinzip ist sie, Rolien, heute in Weiß gekommen. Wie lange wird sie es noch tragen dürfen? Und steht es auch Ernie noch zu? Jetzt ist es passiert. Jetzt ist Ernie bereits in der Klasse. Und sie ist nicht da, um sie zu begrüßen. Noch schlimmer: Popul ist auch nicht da. Popul ist Titis Liebling, und ohne diesen Liebling und ohne das mobile Haus dieses Lieblings ist Titi garantiert zu großer Untreue fähig. Ralien sagt etwas, das wehtut, und Rolien findet mit einem Mal, dass das Brautpaar sehr lange braucht. Da tippt ihr jemand auf den Rücken, es ist Hans eigenmächtiger Zeigefinger. Schwänzen ist nichts Alltägliches für sie, Rolien hat sich um eine Stunde geirrt. Clara Balto ist noch immer Clara Balto. »Sie kann es noch sein lassen, es lebe die Freiheit«, schwatzt Ralien deplatziert.

Außer diesem eigenmächtigen Zeigefinger besteht Han heute aus einem zärtlichen Arm in einem zärtlichen dunkelblauen Ärmel mit einer zärtlichen hellblauen Manschette und einer zärtlichen Hand. All das verschwindet in Clara, einer lachenden graublauen Organdywolke. Rolien tritt absichtlich auf die Spitze von Hans linkem Sonntagsschuh aus Seehundleder, sie streift mit ihren abgekauten Nägeln seine schwarzbehosten Oberschenkel: Als einzige Reaktion verschwinden Arm, Ärmel, Manschette und Hand noch tiefer in der lachenden graublauen Organdywolke. Die Trauzeugen sind blass und spillerig. Sie folgt ihnen, als dritte Trauzeugin, in den Hochzeitssaal. Sie hört das entschiedene »Ja« des Bräutigams und das frank und freie »Ja« der Braut. In der Haut des jetzt verunzierten linken Ringfingers, den Clara gewohnheitshalber noch immer streichelt, sieht sie jetzt einen weißen Rand abstechen. Sie lauscht der Ansprache des Standesbeamten und setzt Satzzeichen in seine langen Sentenzen. Als es vorbei ist, fragt die lachende graublaue Organdywolke: »Bis wann nimmst du denn schwänzfrei?«

»Bis zwölf«, flüstert Rolien zurück. Es klingt fast noch zu laut für dieses duftige Wunder. »Dann hast du noch Zeit, mit uns zu kommen«, ergänzt Arm, Ärmel, Manschette, Hand. Im Taxi sitzt sie dann zwischen den bleichen Hänflingen. Sie rutscht ganz nach vorn auf die Kante und kneift die Pobacken zusammen, um ja nicht an deren knochige Knie zu stoßen. Erst jetzt fällt ihr auf, dass der eine Hänfling ein Mann und der andere eine Frau ist. Sie sind wie Zwillinge gekleidet, in dunkelblauer Kleidung. Seine Hosenbeine sind ungewöhnlich weit geschnitten, und ihr Rock sieht aus wie eine Hose. Vor einer Teestube steigen sie aus. Arm, Ärmel, Manschette, Hand sagt: »Du gehörst heute zu den Großen, also fünf Kaffee, Kellner. Mit Schlagsahne. Und Kuchen.« Die Hänflinge schlingen gierig und erzählen auf Englisch eine Geschichte, über die Arm usw. so lachen muss, dass er sich verschluckt. Vom Erfolg ermutigt geben sie weitere Anekdoten zum Besten. Rolien langweilt sich; sie hätte sich nicht gelangweilt, wenn sie Clara und Han ungestört hätte anstarren können, um herauszufinden, was Han heute Nacht in Clara hinterlassen soll. Aber die Hänflinge geben ihr keine Chance. Daraufhin geht sie zu einer Wippe, auf der ein schlechtgelaunter kleiner Junge sitzt.

»Man kommt allein nicht hoch«, quengelt er. Und als sich Rolien aufs andere Ende setzt: »Und zu zweit geh nur ich allein hoch.« »Stimmt nicht!«, ruft Rolien, »Titi und ich gehen immer zusammen hoch.« Dann lässt sie den Kleinen ganz lange in der

Luft schweben, bis er droht: »Wenn du mich jetzt nicht runterlässt, spring ich ab und breche mir die Beine.« Wieder auf den Füßen schiebt er mit geschlossenen Augen und Märtyrermiene das Karussell an, auf dem Rolien ein Pferd besteigt. Es ist schwarzweiß gefleckt, hat einen Eselskopf und einen geborstenen Schwanz. Roliens Wärme macht es zu einem lebenden Wundertier. Zuerst wird sie die Hänflinge damit zerschmettern, und dann neben Clara und Han her zu deren Wohnung galoppieren. Und in der Nacht wird sie das Pferd zu einem Leoparden streicheln, und wenn es sie im Schlaf verdeckt, wird sie zwischen seinen Beinen liegend unter seinem Schwanz durch den Liebesakt beobachten können. Und wenn Han dann endlich eine schlummernde Clara in seinen Armen hält, wird sie das Pferd kitzeln, bis es wiehernd aufwacht und sie im Galopp davonträgt, zur Schule, wo sie Ernie zermalmen wird, um dann Titi zwischen sich und den Eselskopf zu setzen und ins echte Schaffhausen zu flüchten, um dort dreieinig glücklich zu leben.

Der kleine Junge keucht »Ich kann nicht mehr« und steigt in ein vergoldetes Boot. Jetzt ist es Clara, die Anschwung gibt, und der Wind bauscht den lachenden graublauen Organdy zu einer mächtigen Wolke auf. Der Junge ruft: »Ich bin der Kapitän, sieh nur, ich habe goldene Knöpfe an meiner Jacke, glänzende Goldknöpfe, und hui, hui, der Sturm, ich verliere meine Mütze!«

Meine Güte, wie kindisch das klingt, wenn das Pferd unter dir nichts mehr von deiner Wärme wissen will und sich schlagartig in ein lächerliches, abgestoßenes Schaukelpferd verwandelt. Du entschuldigst dich bei der lachenden graublauen Organdywolke: »Der freche Knirps da, der hat nicht aufgehört zu quengeln, bis ich mich auf ein Pferd gesetzt habe.«

Und Clara sagt: »Und ich dachte, Rolientje, du willst nichts mehr von mir wissen.«

»Oh nein«, sagt Rolien, »ich hatte in der Schule so viel zu tun, aber nachdem ich gehört hatte, dass Sie heiraten …« Clara legt den Arm um Rolien; zusammen gehen die beiden durch das hohe Gras und schweigen. Nur Ralien muss doch noch etwas loswerden: »Hast du je von einem Kind gehört, das seine Lehrerin küssen möchte?«, und weiter: »Warum machst du es nicht? Warum kriechst du nicht in diese lachende graublaue Organdywolke und lässt nur den Mund draußen? Und warum fragst du sie nicht, was du so gern von ihr und von Han wissen möchtest?«

Ja, warum frag ich es sie nicht?

»Ja, warum fragst du es sie nicht?«

Dann nimmt sie allen Mut zusammen: ein bisschen mutigen Mut und ein bisschen ängstlichen Mut und noch ein bisschen extra Mut, um ihre Zunge zu lösen, und sie zählt laut: »Eins, zwei …«, wie am Morgen, wenn sie aufwacht, weil sie immer Angst hat, dass ihre Stimme mit den Träumen verschwunden ist. »Drei«, sagt Clara darauf, »wer zuerst am Baum ist.« Ja, wenn Ralien nicht so voreilig eingegriffen hätte, wäre sie vielleicht noch immer bei Clara, statt jetzt herumzutrödeln, weil es noch zu früh ist, um nach Hause zu gehen. Dann wären sie nie zu dem Baum gekommen, wo die Hänflinge mit Han in einer stillstehenden Gartenschaukel saßen. Und weil dort nur noch ein Platz frei war, also für Clara, und weil man sich nicht zwischen ein Brautpaar drängen darf und einem bei dem Gedanken schaudert, noch einmal mit zusammengekniffenen Pobacken zwischen diesen knochigen, blässlichen Hänflingen zu sitzen, hat Rolien der lachenden graublauen Organdywolke einen Kuss auf die rosa Wange gegeben und Arm, Ärmel, Manschette, Hand dort, wo es stachelt – beides sehr flüchtig –, sie hat den Hänflingen einen Abschiedsgruß zugenickt und ist aus dem Garten gerannt.

13
Diebin

Unter den Gegenständen des täglichen Lebens gibt es eigenartige Blumen. Zum Beispiel den Regenschirm. Und dann den Porzellantopf, der mit einer Hängepflanze gefüllt mitten im Zimmer von der Decke hängt. Und vor allem den Zeitungskiosk am Kerkplein, falls man hier überhaupt von einer Blume sprechen kann. Morgens öffnet sie ihre Blütenblätter in Form der Fensterläden rundherum und schließt sie bei Einbruch der Dunkelheit wieder. Sie hat einen Stempel, das magere gelbe Fräulein in der Mitte, die immer kerzengerade steht, selbst beim Lesen, und zur Essenszeit und im Winter gibt es auch Staubblätter – die kleinen Flämmchen ihres Petroleumkochers. Und ihre Zeitungen und bunten Zeitschriften locken einen an, wie eine Blume mit ihren Farben.

Ralien lässt Rolien zehnmal die Kioskblume umkreisen, bevor sie das Kinderheft kaufen darf. Das steht ihr eigentlich nicht mehr zu, denn darauf ist groß »8–12« gedruckt. Es ist dasselbe wie mit den Büchern: Man wollte sie schon lesen, bevor man 8 war, und wenn man sie mag, achtet man auch nicht auf diese blöde 12. Stell dir vor, dein Vater würde sagen: »Heute bist du 12, mein Kind«, und dann den ganzen Bücherschrank ausräumen, um zu kontrollieren, was wohl und was nicht mehr für dein Alter geeignet ist. »Pfui, pfui, Mädchen, was muss ich da sehen, hier steht doch wahrhaftig noch ein Buch von ›5–11‹, peinlich, peinlich.« Man würde doch denken, der Mann ist nicht recht bei Trost, das denkt man ja öfter von seinem Vater, aber diesmal ist er durchaus bei Trost, aber wer garantiert nicht bei Trost ist, das sind die Leute, die es wagen, 11 und 12 etc. aufs Buch zu drucken, und zwar weil sie keine blasse Ahnung davon haben, dass ein lesendes Kind seine Grenzen selbst bestimmt. Wenn du sieben bist, wirst du sicher nicht nach einem in winzigen Buchstaben gedruckten *Allein auf der Welt* fragen, und sie, Rolien, sie kauft die Kinderheftchen ausschließlich, weil Großeleuteillustrationen einfach maßlos langweilig sind. Man muss schon so eine sorgfältig manikürte Hand haben, wie die hier neben dir, um mit Vergnügen über Abbildungen von jungen Damen zu streichen, die in schmelzenden Blicken versunken sind, und über dahinschmelzende Männer mit Kussgesichtern, die nicht küssen. In eng bedruckten Zeilen, in unübersichtlichen, unterbrochenen Spalten wird das Liebesdrama beschrieben. Rolien hat einmal so eine Geschichte gelesen, und bevor sich die beiden Herzen nach einer Reihe sinnlicher Unerfreulichkeiten vereint hatten wie der Byrrh-Cassis, den Mademoiselle täglich um achtzehn Uhr fünfzehn trinkt, hat sie es widerwillig weggelegt. Die sorgfältig manikürte Hand neben ihr öffnet ein Täschchen, dann ein Portemonnaie und will gerade gehen, als sich Rolien umdreht: wie stattlich und weit entwickelt!

»Du bist Ernie.«

»Mit wem habe ich das Vergnügen?«

»Was?«

»Mit wem ich das Vergnügen habe?«

»Errätst du denn nicht, wer ich bin? Ich bin Rolien, Titis einzige Freundin.«

Das Mädchen gegenüber lacht. Es ist kein normales, sympathisches Lachen, das dich miteinbezieht, sondern das Lachen des Filmstars aus ihrer Zeitschrift. »Ich meine annehmen zu dürfen, dass ich Titi sehr viel besser kenne als du, und wir werden uns bestimmt nochmal darüber unterhalten.«

»Wie alt bist du?«

»Fünfzehn«, sagt Ernie, »fast sechzehn. Es liegt wirklich nicht am Alter, ob man miteinander auskommt, es liegt daran, was man in sich hat. Du hast nicht das, was ich habe, und wenn ich dich genau betrachte, bin ich mir sicher, dass du es auch bestimmt nie bekommen wirst.«

»Das weißt du doch gar nicht, und wie kannst du das so schnell sehen, und vielleicht hast du gar nicht, was ich in mir habe.« (Danke, Ralien, nein, eine Ernie hat sie nicht.)

»Ich, ich sehe es an dem Heft, das du als Oberschülerin noch liest. Haha, für Acht- bis Zwölfjährige. Siehst du, was ich lese? Und worin man sich beim Lesen vertieft, das sucht man auch im Leben. Du suchst Märchen und Sandkastengeschichten, ich suche Romantik.«

»Und Titi?«

»Titi wird wie ich.«

»Aber was wird aus mir, Titis einziger Freundin?«

Dann stiehlt Ernie Titis Worte: »Drei ist eine zu viel.«

»Du Diebin.«

Ernie bekommt doch recht. Rolien liest und liest immer wieder in Titis Tagebuch vielfältige Lobeshymnen auf die neue Freundin. Als sie darüber eine Bemerkung macht (es ist das erste Mal, dass in Raliens Stimme ein hohes Zittern zu hören ist), antwortet Titi, es sei doch eigentlich lächerlich, gegenseitig die Tagebücher zu lesen. Eigentlich.

»Du willst also meines auch nicht mehr sehen, Titi?«

»Nein, das wäre sonst nicht fair, Rolien.«

Ich gebe, ich gab, ich habe gegeben. Geben: der Gedanke an das Gesicht der Empfängerin und ein bisschen Bedauern. Ein bisschen Selbstgefälligkeit: Ich kann und ich will geben. Ein bisschen (unverzichtbares) Gefühl von: Ich muss geben. Titi ihr Tagebuch zu geben ist für Rolien ein viel größeres, intensiveres Erlebnis, als Titis Tagebuch zu bekommen; und nicht mehr mitteilen zu können, was man selbst schreibt, eine viel größere Enttäuschung, als Titis vollgeschriebene Tagebuchseiten nicht mehr entziffern zu dürfen. In den Wochen danach fehlt ihr nicht primär, was Titi ihr zu erzählen hatte, sondern wie Titi ihr zuhörte und wie sie sich von ihr bewundern und verwöhnen ließ. Und am meisten kränkt sie, wie Titi zum Ausdruck bringt, weder sie noch Popul mehr zu brauchen: Es ist beschämend zu beobachten, wie sehr sie sich bemüht, Popul und sie möglichst schnell und endgültig zu vergessen. Doch aus all diesen Demütigungen geht Rolien immer wieder mit neuem Vertrauen hervor; sobald sich eine Chance ergibt, läuft sie der geliebten Freundin nach. Frühere Gespräche, Versprechen und Zärtlichkeiten bleiben ihre Basis. Rolien kann es einfach nicht akzeptieren. »Du hast dich geirrt, Titi, wir waren zu eng verbunden, als dass irgendjemand uns auseinanderbringen könnte.«

»Rolien«, gibt Titi zurück, »du hast kein Ehrgefühl, das ist alles, was ich dir noch zu sagen habe.«

Daraufhin überlegt Rolien: Was will ich eigentlich? Mich so behandeln lassen? Nein. Titis Freundschaft zurückgewinnen? Ja. Dieser Widerspruch verwirrt sie. Ihr fehlt die Kraft, sich zu entscheiden. Sie hört auf eine spottende Ralien, und zugleich auf ihr Herz. Kaum bringt Ralien sie dazu, stolz den Kopf abzuwenden, da ruft Rolien schon wieder ein langgezogenes, schmeichlerisches: »Hallo-ho!« Kaum lässt Ralien sie mit einem energischen, kurzen »hallo« als eine zu viel von dreien an der Bank vorübergehen, die Titi jetzt mit Ernie teilt, da bringt das Spiel des Lichts im Klassenzimmer, das unter Titis grüne Augen einen dunklen Schatten malt, Rolien wieder unter irgendeinem Vorwand direkt zu dem Fliederparfüm der Maiennacht.

»Wenn du nur immer darauf achtest, was für ein Gesicht du ihr zeigen musst«, tröstet Ralien, »kommst du bestimmt darüber weg. Wenn sie über dich reden, ein langes, müdes Gesicht, als wärst du ganz in dich zurückgezogen. Vor allem kein wütendes, und vor allem nicht, als würdest du sie belauschen. Und wenn du gar nicht mehr weißt, welches Gesicht du aufziehen sollst, dann denk dich einfach so weit weg, dass von dir nur noch dieses Murmelgehirn übrig ist, das du früher aus den Puppenköpfen gepult hast.«

»Und mein Herz?«, fragt Rolien, »wo soll ich dann mein Herz lassen?«

14
Baby mine

Auf der Bank liegt ein Brief, ohne Umschlag. Rolien erkennt das rosa Papier und Ernies große Buchstaben. »Schatz«, liest sie, »Titi, Liebling, wir können morgen nicht mit Paul und Hans mitkommen. Ich habe Es! Und man kann ja nie wissen ... in drei Tagen ist es vorbei. Ich werde für Dich beten, dass du Es auch bald bekommst, Deine Dich innig liebende Freundin.«

An der Heizung steht eine Lehrerin. Eine Lehrerin, die es zur Direktorin gebracht hat. Sie erspäht, wie sich eine Schülerin das Eigentum einer anderen aneignet. Auch ein Fetzen Papier kann Wert haben. »Du willst es mich bestimmt auch lesen lassen, Rolien?«

»Nein«, sagt Rolien und denkt sich weit weg. Ihr Murmelgehirn fängt wie eine Antenne die zornigen Worte auf: »Du hast Nein gesagt?«

»Ich bin nicht da, Frau Direktorin.«

»Du bist nicht da? Du bist wohl da.«

Rrrranggg, klackern die Murmeln, rrranggg, mit diesen Gedanken aus dem Klassenzimmer rennen, hinaus auf die Straße. Wie ein Dieb, der sich selbst anzeigt, klopft sie am nächsten Morgen an die Tür des zwölf Quadratmeter großen Heiligtums der Direktorin. »Bitteschön, hier ist der Zettel.«

»Aber das ist deine Handschrift, Rolientje.« Zu welchen Betrügereien ist diese weniger als mittelmäßige Schülerin imstande? Die Direktorin klopft zum Zeichen ihrer Supernervosität mit dem großen Zeh gegen ihren Zeigefußzeh (erst kürzlich hat sie ein Orthopäde auf diese Abweichung aufmerksam gemacht). »Warum hast du es dann noch einmal gelesen? Und warum bist du dann weggelaufen?«

»Weil ... lesen Sie doch selbst.«

Die Direktorinnenstimme deklamiert: »›Liebes Rolientje, wie oft hast Du diesen Brief schon absichtlich verloren? Nur um Dich daran zu erinnern, dass kein anderer Dir schreibt. Ralien.‹ Du hast dich für so etwas Lächerliches geschämt?«

»Ja, Frau Direktorin.«

»Raus mit dir, du kleine Närrin.«

Ganz schön nobel, Rolien. Nobler als der nobelste Noble. Vor allem wenn du bedenkst, dass diese doppelt geliebte Freundin doch eines Tages wissen wird, was du in deinem Besitz hattest und wie du damit umgegangen bist, obwohl du dich für ihre Untreue so gut hättest rächen können. Spontan bist du nobel gewesen, aber jetzt bist du es nur noch, weil du hoffst und hoffst. Und wenn du diese Hoffnung verfliegen siehst, weil es keine Möglichkeit gibt, deine Tat gekonnt nebenbei zwischen zwei Sätzen zu erwähnen, kommt wieder so ein blödes Sprichwort angekleckert: Jedermanns Freund ist jedermanns Narr. Du bist der Narr, aber was ist mit deiner Nachbarin, deren Faltenröckchen einst – wie lange ist das her? – mit deinem Faltenröckchen verschmolz? Sie sieht aus, als ob etwas vorgefallen wäre. Etwas, auf das sie keinen Einfluss hat, wie wenn sie auf einen Punkt starrt, den es nicht gibt.

Was sieht sie? Woran erinnert sie sich?

»Oh Titi, wirklich, ich wollte dich retten.« Heute darf sie es endlich aussprechen, denn Ernie ist absent. Und es ist herrlich, zu guter Letzt doch nicht an seiner eigenen Nobelheit zu ersticken, sondern endlich beweisen zu können, was man für eine verloren gewähnte Freundschaft noch übrighat. Aber Titi reagiert kaum. »Es ist etwas viel Schlimmeres passiert«, sagt sie.

Jetzt ist es plötzlich nicht mehr schwer, alles zu wissen. Nobelsein wird belohnt. Du kannst es also noch einmal sein, ohne viel zu riskieren. Aber diesmal bewusst.

Sie sitzen hinten in einer kleinen Konditorei und bestellen Froschkönige, aus grünem Baiser mit braunen Schokoladenpünktchen. Rolien ist schon beim dritten. Aber Titi stochert mit ihrem Gäbelchen noch im Kopf des ersten herum.

»Isst du nicht, Titi, weinst du?« Titi weint. Tränen flecken auf das weiße Voileblüschen, Tränen fallen neben und auf ihren Froschkönig. Titi weint. Und sie, statt mitzuweinen, beobachtet sie das mit derselben Freude wie der Bauer den Regenschauer nach einer alles verheerenden Trockenzeit. Es ist wieder da, es ist wieder da, das gute, vertraute Schaffhausen. Wo hört der Freund auf und beginnt der Feind? Wo hört die Feindschaft auf und beginnt die Freundschaft? Freund ist im Feind und Feind im Freund.

Nachdem der Froschkönig mit den Tränen und einer Tasse Schokolade mit Schlagsahne und einem Glas Wasser mit einer kleinen Wunderpille der mitleidenden Serviererin durch Titis Kehle gespült ist und die letzten Gäste gegangen sind, beginnt sie zu reden. Zum ersten Mal hört Rolien lieber zu, als selbst zu erzählen.

»Ich weiß es jetzt mit dem Es. Und es ist nichts, worüber man in Jubel ausbrechen könnte. Ernie wird jedes Mal krank davon. Und man wird dadurch alt. Als ihr Es vorbei war, waren wir einen Nachmittag mit Hans und Paul rudern. Am Abend vorher war Ernie mit einem Stapel Zeitschriften bei mir vorbeigekommen. Sie hatte gesagt: ›Ich werde dir jetzt mal zeigen, wie du dich Männern gegenüber verhalten musst. Denn gegenüber Jungs ist man immer anders als gegenüber Mädchen.‹ Sie hat mir sehr schöne Fotos gezeigt, aber auch sehr komische. Was man tun und lassen muss, um ihnen zu gefallen. Eine Zeitschrift war in einem Umschlag. ›Warum?‹, habe ich gefragt. ›Darum‹, hat sie geheimnisvoll geantwortet und mir den Titel gezeigt: *La Vie Parisienne*. ›Verstehst du denn so gut Französisch?‹, habe ich weiter gefragt. ›Nein, aber die Bilder verstehe ich umso besser.‹ Oh, Rolien, es waren schandhafte Bilder. Aber ich habe mich nicht getraut, etwas zu sagen, weil sie mich sonst ausgelacht hätte. Ich musste dauernd an dich und den Zoo denken, eichhörnigerer.«

»Du liebes, liebes Gänschen«, sagt Rolien. »Tati! Aber warum waren sie schandhaft? Waren sie nackt, die Leute, aber nackt ist doch nicht schändlich? Das weißt du doch von den Abbildungen in Kunstbüchern.«

»Sie waren anders«, antwortet Titi. »Bei Gemälden achtet man auf Schönheit und Farben und auf sonst nichts. Wenn man Arme und Beine sieht, dann denkt man nicht daran, wofür man sie verwenden kann. Aber hier wusste man gleich, man hat Beine, um …«

»Um einem Unehre zu machen, Schande zu bringen, oh, das Wort ist von mir, Titi.«

»Ernie fand es wundervoll und hat mir alles Mögliche erzählt. An dem Nachmittag mit Hans und Paul hatte ich es schon längst wieder vergessen. Aber Ernie nicht. Sie hat sich so lächerlich benommen, und mit einem Mal hat sich an ihrem Badeanzug das Schulterband gelöst.«

»Obwohl sie schon so weit entwickelt ist? Erzähl schnell weiter, was hat sie gemacht?«

»Sie hat darüber gelacht und ist mit Paul an Land gegangen. Ich bin mit Hans allein zurückgeblieben. Er ist mindestens neunzehn. ›Sollen wir mal‹, hat er gefragt. ›Was?‹, habe ich zurückgefragt. ›Baby‹, sagte er, ›baby mine.‹ Das *mine* klang so vertraulich.«

»Baby mine, baby mine«, wiederholt Rolien.

»Er hat mich geküsst, und dann, dann bin ich aus dem Kanu gesprungen und zu der kleinen Insel geschwommen, wo Ernie lag. Und was ich dort gesehen habe, oh, Rolien. Du erinnerst dich doch noch, worüber wir gesprochen haben, was Clara und Han und Griet und Klaas verheiratet tun würden. Ich glaube, das haben sie dort im Gras gemacht, und das ohne verheiratet zu sein. Oh, Rolien.«

»Oh, Titi. Aber jetzt weißt du es wenigstens, du hast es miterlebt. Ich erlebe nie so was.«

»Ich war so erschrocken, vielleicht habe ich auch nichts gesehen, nur begriffen, was Hans wollte. Und dann bin ich hinten um die Insel herumgeschwommen, damit Hans mich nicht sehen kann. Bestimmt eine halbe Stunde bin ich geschwommen, bis ich zu einem Häuschen kam. Dort haben sie mir Kleider gegeben und etwas zu trinken. Als Mademoiselle mich nach Hause kommen sah, stammelte sie, wer jetzt verrückt sei, sie oder ich. Ich habe ihr alles erzählt, alles. Dann ist Ernie gekommen mit einem komisch blassen Gesicht. Sie hatte mein Kleiderbündel dabei. ›Liebling‹, sagte sie, ›ich dachte, du wärst ertrunken.‹ Sie begann eine Geschichte aufzutischen, dass wir zusammen geschwommen wären, dass sie mich verloren und meine Kleider am Ufer gefunden hätte. ›Liebling‹, sagte sie wieder, ›dass du noch lebst.‹ Papa hat sie ausreden lassen. Aber ich habe ihn noch nie so böse gesehen, wie als er ihr sagte, dass er sie nicht hier behalten will, dass sie morgen weggehen muss. Er hat vor Wut gezittert, dann sagte er auf einmal, und das war das Allerschlimmste: ›Diese andere Freundin von dir, Albertine, die taugt auch nicht, die hat zu nackte Augen.‹«

Ja, und danach ist Ernie weggegangen. Und Rolien hat in den Spiegel geschaut, und weil sie von diesen schlechten, nackten Augen nichts erkennen konnte (oder hatte er vielleicht müde gemeint?), hat sie zu Titi gesagt, dass sie doch die Worte des

Vaters nur als Auswuchs seiner Wut verstehen solle. Sie sehe darin so etwas wie die Auswüchse einer keimenden Kartoffel, die mit der Kartoffel selbst ja auch nichts zu tun hätten. Titi hat darauf keine Antwort gegeben, und dem folgten vier harmonische Tage, in denen die Faltenröckchen mehr denn je ineinander verschmolzen. Schaffhausen hat sich selbst überrauscht und ist zusammen mit Raliens jauchzendem Hurra in einem Schwanengesang zum Himmel aufgestiegen.

Das war die dreizehnte Woche.

15
Zwei Briefe

Titi ist versehentlich auf die Welt gekommen (Rolien übrigens auch). Nachdem sie nun einmal da war, wurde jedes Jahr für das Personal, das sie versorgen sollte, Geld zur Verfügung gestellt. Ihr fehlte es an nichts. Sogar ihre Mutter nahm sie von Zeit zu Zeit in die Arme und drückte sie. Als sie größer wurde, bekam sie, worum sie bat. Mademoiselle, beispielsweise, war eines dieser Geschenke. In der Regel gibt man ein Geschenk nicht weg, auch wenn man es nicht mehr beachtet, und deshalb blieb Mademoiselle. Aber jetzt wurde Titi selbst weggegeben: Sie ließe sich zu sehr von Freundinnen beeinflussen. Zwar wussten ihre Eltern nicht genau, was andere an ihrem Kind verderben sollten, aus dem einfachen Grund, weil sie ihr Kind nicht kannten. Weil sie aber etwas für sie »wollten«, um ihrer eigenen Ehre und ihres eigenen Seelenheils willen »Gutes wollten«, weil sie aber das Scheitern ihres eigenen Lebens vor Augen hatten, suchten und fanden sie für ihre Tochter einen vorübergehenden Aufenthaltsort, wohin sie weggeräumt wurde, damit die Eltern ihre Augen schließen konnten, um Titi dann nach einigen Jahren wieder unverdorben hervorholen zu können.

Und so wurde Titi ins Internat gesteckt. Das alles ist schnell und ohne jede Einbeziehung von Rolien vor sich gegangen. Sie erfuhr es erst von der Direktorin, die im selben Ton, mit dem sie ihr »Ogottogott, Mädchen, ist das ein Regenwetterchen heute« zum Besten gab, fortfuhr: »Rolien, rutsch nach rechts in der

Bank, damit du auf Titis Platz kommst, denn Titi ist nach Beek umgezogen und Ernie ist in ihre Heimatstadt zurückgekehrt.«

Rolien ist immer stolz darauf gewesen, niemals in der Öffentlichkeit geweint zu haben. Man weint, wenn man allein ist oder bei einem Streit mit Höherstehenden, aber das sind keine echten Tränen. So legt sie nun ihre Arme aufs Pult und die Arme auf den Kopf, und ihre Gedanken sind nicht bei Titi, sondern bei dem Kopf auf den Armen auf dem Pult. Denn da ist noch ein anderer Kopf, ebenfalls auf Armen, aber diese Arme liegen auf einer Kuh. Ein Junge schläft auf einer Kuh. Das hat sie gestern gesehen, als sie vergeblich auf Titi gewartet hat. Sie hat es betrachtet, bis der Junge aufgewacht ist; er und die Kuh haben sich beide gestreckt und sind dann weitergegangen. Es kam ihr so vor, als wäre sie mit ihnen zusammen aufgewacht. Sie hat laut gefragt: »Was mache ich hier eigentlich?« und geantwortet: »Ach ja, ich warte auf Titi.« Aber der Junge schläft nicht mehr auf seiner Kuh, und deshalb wartet das Mädchen auch nicht mehr auf die Freundin. Und so ist sie weggegangen. Das ist gestern gewesen. Und zwischen gestern und heute Morgen liegt eine unruhige Nacht mit vielen Mutmaßungen. Als sie gehört hat, dass sie von nun an auf Titis Platz sitzen muss, ist ihr Kopf auf die Arme auf dem Pult gefallen. Popul hält die Tränen zurück, und Ralien spricht auf eine Weise, dass, als sie wieder aufschaut, Gleichgültigkeit über neugierige Blicke triumphieren kann.

»Liebste Titi«, schreibt sie. Es sind die ersten Worte auf dem neuen Briefpapier, der Beginn eines Briefwechsels, der andauern wird, bis Titi zurückkommt.

»... ich habe Dir nie etwas anderes als kurze Briefchen geschrieben, ich weiß also nicht, ob das hier ein langer werden kann. Du bist jetzt weg, und Du musst mir versprechen, dass Du mir alles erzählen wirst. Alles, wie Du wohnst und isst und schläfst und was für Kinder es dort gibt und ob sie Dich beobachten, wenn Du Dich ausziehst, oder ob es einen Garten mit Blumen gibt und ob Du manchmal allein spazieren gehen darfst. Wir haben heute das Wort Idiosynkrasie gelernt. Ich finde, es ist ein wunderschönes Wort, ich habe es zwanzigmal hintereinander geschrieben. Du kannst eine Idiosynkrasie gegen Käse haben. Agnes hat sie gegen Spinat, den sie, als sie noch klein war, so lange auf der Zunge liegen ließ, bis ihn jemand mit einem Löffelchen abschabte. Und Griet hat bei einem kleinen Jungen gedient, der sich übergeben musste, sobald er bei jemandem einen Fussel auf der Kleidung sah. Vor allem morgens beim Frühstück, wenn er in seinem Haferbrei rührte, konnte er es nicht unterdrücken. Ist das jetzt eine Idiosynkrasie gegen Fussel oder gegen Haferbrei oder gegen beides? Jetzt hat Griet bei mir Französischunterricht, denn nachdem Du nicht mehr da bist, mein Herzblatt, habe ich viel freie Zeit und die Staphorst-Kinder sind alle krank, bis auf eines; sie haben Röteln und Diphtherie, aber das dauert jetzt schon drei Kapitel lang, und weil ich nicht recht weiß, was ich sie tun lassen soll, wenn es ihnen wieder besser geht, schreibe ich derzeit nicht. Ralien ist darüber sehr böse. Sie sagt, dass ich nie etwas zu Ende bringe. Aber Du weißt nicht einmal, wer Ralien ist. Sie ist abgesehen von noch etwas anderem das einzige Geheimnis, das ich je vor Dir hatte (die einzigen Geheimnisse?). Das andere kann ich nie und nimmer erzählen, und Du sollst auch nie danach fragen, Titi. Nie, niemals wird es jemand erfahren. Aber Ralien ist in mir. Du denkst doch nicht, dass ich sie verschluckt habe? Darüber muss ich schrecklich lachen, obwohl es doch so ernst ist. Ralien ist schon sehr lange bei mir. Sie ist in mir, wie Du Tati in Dir hast (nicht Tati die Locke). Ich kann es Dir nicht besser erklären, oder doch, jetzt hab ich's: Sie weiß mehr von mir als ich, sie … ach ja, mit einem vornehmen Wort wirst Du es verstehen, sie dominiert Rolien. Nicht mit Rolien. Um auf Griets Französischunterricht zurückzukommen, sie fragt: »Warum soll ich denn um Himmels willen *le pen* sagen und nicht *le pain*. Warum schreibt man es nicht so, wie man es ausspricht?« Sie kennt jetzt die ersten zwei Lektionen und hat sechs Themen durchgearbeitet. Sie hat gefragt, ob sie genug weiß, wenn sie mit dem Buch durch ist, um in Paris eine Stellung als Dienstmädchen zu bekommen. »Und Klaas?«, fragte ich zurück. »Oh, der wartet schon, man sagt, die Franzosen machen so schön Amura oder Amus«; ich habe sie nicht richtig verstanden, und sie wollte (nicht möchte) es nicht wiederholen. Ich glaube, Titi, klügere Leute wie Du und ich können sehr viel für einfache Leute tun. Ich hätte gern eine Klasse mit Schülern wie Griet. Aber dann andersherum, also sie mein Alter und ich das ihre. Und dann unterrichten. Pauker möchte ich allerdings doch nicht werden, aber wie nennt man das nochmal, was ich werden möchte? Ach ja, ich werde Schriftstellerin. Und Du, was wirst Du eigentlich? Darüber haben wir nie gesprochen. Du kannst nur noch schöner werden, glaube ich. Aber schöner ist kein Beruf. Nur werden viele Leute davon angelockt, und natürlich viele Männer. Also wirst Du wohl nichts werden und heiraten, wenn Du aus dem Internat kommst. Sie müssen Dich dann wahrscheinlich auf Feste schicken, denn sonst sieht Dich keiner. Trägst Du noch immer gesmokte weiße Voileblüschen? Ich habe einen Hut aus Silberstroh, der innen blau ist. Dazu blaue Häkelhandschuhe. Als ich den Hut am Sonntag zum ersten Mal aufsetzte und die Handschuhe anzog, dachte ich: Jetzt wird mich das Glück finden. Denn damit sähe ich, sagte Agnes, bestimmt zwei Jahre älter aus, als ich bin. Ich wusste selbst nicht recht, was ich eigentlich mit Glück meinte. Vielleicht doch einen, der *baby mine* zu mir sagt? Oder nicht unbedingt diese Worte, es dürfen auch andere sein. Wenn es nur nicht Schatz ist. Das ist so vulgär. Aber ich habe nichts gefunden. Die meisten Leute sahen mich gar nicht an. Einmal habe ich einen Jungen lächeln sehen, und während ich mich umdrehte, drehte er sich auch um und rief: »Du bist aber hübsch!« Und dann drückte dieser silberne Hut so, als wollte mein Kopf ihn (ja ihn, mit dem Hut in der Hand und so weiter) runterstoßen, und ich setze ihn nie wieder auf. Und mit einem Mal bemerkte ich, dass ich große Füße habe, und große Hände, und ich blieb vor einer spiegelnden Scheibe stehen, und ich hatte wieder so eine komische, kurze Oberlippe. Dann gab es gar nichts mehr zum Freuen. Und ich bin nachhause gegangen und habe Tati ausgepackt, es hatte sich noch nichts verändert, die Locke war noch heil und ziemlich dick. Und dann stand mit einem Mal ein Leierkasten vor der Tür. Eine Frau mit einem Kind auf dem linken Arm drehte mit der rechten Hand. Eine schöne, sentimentale Melodie. Und weil ich allein war, konnte ich meinen Tränen freien Lauf lassen. Doch dann habe ich mich geschämt. »Du weinst«, sagte ich laut, »und die Frau hat keinen Arm frei.« Und ich bin nach unten gelaufen – zum Glück waren die Jalousien heruntergelassen und keiner konnte mich sehen – und habe gefragt, ob ich auch mal drehen darf. Sie sah mich sehr komisch an und roch noch komischer, aber sie wollte (und bei ihr bestimmt nicht mochte) eigentlich schon. Es war furchtbar schwer. Zuerst kam gar kein Ton, dann knirschte es ein bisschen, und allmählich wurde es zu einer Melodie, einer wunderschönen Melodie. In mir fühlte es sich so komisch an, als ob mir jemand etwas sehr Angenehmes versprechen würde und oh, am liebsten wäre ich mit der Frau und dem Kind mitgegangen, aber ich habe mich nicht getraut. Ein paar Leute blieben stehen und starrten mich an. Daraufhin bin ich weggegangen. Dieses närrische Gefühl und dieses Versprechen blieben die ganze Nacht über. Es überkommt mich auch manchmal, wenn ich bei Clara Balto bin. Oder auch jetzt, während ich Dir schreibe, mein Herzblatt. Ganz, ganz, ganz viele Küsse (findest Du das Wort Bussi auch so hässlich?) und ich laufe dreimal am Tag zum Briefkasten.

P. S. Oh ja, das hatte ich noch vergessen. Ich bin neulich auf einer Landstraße geradelt. Da kam ein Junge und fuhr neben mich. Er benahm sich seltsam und deutete auf irgendwas. Vielleicht war es das Es von Han und Klaas, worüber wir gesprochen haben. Ich weiß es nicht. Jedenfalls bin ich weitergefahren, das war mir wirklich zu blöd. Ich finde *Der geheime Garten* von Burnett noch immer so wunderschön. Wir werden später auch einen geheimen Garten haben, Titi, mit einem Leierkasten. Herrlich, mit einem Leierkasten. Und das Leierkastenmädchen küsst Dich. Auf Wiedersehn …«

Die Antwort kam in dem Moment, in dem Rolien am Morgen ihres vierzehnten Geburtstags mit der Hand im Briefkasten auf die kalten Postbotenfinger traf. An dem Morgen ist nur ein Brief von seinen Fingern direkt in ihre Hand gerutscht. Titis Glückwunsch. Sie ist damit auf den Dachboden gegangen, weit entfernt von einer spähenden Agnes oder Mieke. Dort hat sie die gelbe Seite gelesen …

»Beste Rolien, ich habe Deinen Brief erhalten. Ich mag keine Leierkästen, keine Leierkastenmädchen und auch nicht den Rest Deines Briefs. Ich bin nach Beek gegangen, um mein Leben zu ändern. Du gehörst nicht zu diesem Leben, und deshalb sind wir keine Freundinnen mehr. Albertine.«

Sie ist weggelaufen und wieder auf den Dachboden zurückgekommen. Das hat Titi geschrieben? Das ist unmöglich, das hat man ihr eingeredet. Aber lässt Titi, die unabhängige Titi, sich denn etwas einreden? Nein, Titi empfindet das selbst genauso. Sonst hätte sie bestimmt irgendwo in ein Eckchen einen Glückwunsch gekritzelt. Aber dann muss man sie wieder auf den richtigen Weg bringen. Findest du nicht, Ralien? Natürlich, Rolien, du musst noch einmal schreiben und dann noch einmal und noch einmal.

Aber es kommt keine Antwort mehr.

Und Titis Vater zieht vor ihr nicht mehr den Hut. Und einen Monat später steht Titis großes Haus leer. Wurde der Vater wieder versetzt? Oder sind sie vielleicht umgezogen, um Rolien Kolar aus dem Weg zu gehen? Glaubst du das nicht auch, Ralien? Natürlich, Rolien, sie wollen dir nie wieder begegnen. Und unser Städtchen ist zu klein, nicht wahr?

Dann ist gar nichts mehr passiert, was mit Titi zu tun hatte.

Und deshalb hat sie um die Erinnerung das rosa Löschblatt mit dem lila Faden und der doppelten Schleife und das gelbe Blatt gewickelt, mit den schwarzen Buchstaben, die sie nie hat begreifen können.

ZWEITES BUCH

16
Und oh und oh und oh und oh

Jahre können aufeinander folgen, ohne dass sich der Begriff zwölf Monate jemals in einer anderen Form denn als Geburtstag oder Jahreswechsel manifestiert hätte. Es mag vielleicht eine zu filmische Lösung sein, diese unsichtbare Hand, die auf der weißen Leinwand rhythmisch die Kalenderblätter umschlägt; für Rolien aber, die von der Intuition lebt und im Spiel der Phantasie gefangen ist, ist die Zeit so und nicht anders vergangen.

Und oh, es ist wieder Frühling, ich esse die ersten Erdbeeren, und oh, es ist wieder Sommer, ich mache in meinem noch nach Kampfer riechenden Badeanzug einen Köpfer vom Sprungbrett, und oh, jetzt ist es Herbst, und während die Stängel nicht mehr genug Kraft haben, ihre Blätter am Zweig baumeln zu lassen und ich unter und in den fallenden Blättern laufe, sprühe ich vor Kraft und könnte damit alles Mögliche anfangen, wenn ich nur nicht in diese graue Schule müsste, und oh, jetzt ist es Winter, jetzt bleibe ich lange im Bett und lese, es ist Martinstag, Nikolaus und Weihnachten, es liegt Schnee, und hinter dem Schuppen, wo mich keiner sieht, rolle ich eine dicke Schneefigur, die Fräulein Vola ähnlich sieht.

Und oh und oh und oh und oh, wieder eine Freundschaft mit einer Enttäuschung,

und oh und oh und oh und oh, dieser Schöpferdrang zum Schreiben,

und oh und oh und oh und oh, ich bin eine Fremde im eigenen Haus, und oh und oh und oh und oh, Ralien, wo führst du mich hin?

Du wirst vierzehn, und eines Tages bist du fünfzehn, dann sechzehn, siebzehn, achtzehn und jetzt neunzehn. Was ist passiert, was habe ich mir gemerkt, außer den Ohs, die mein Fundament sind und durch die sich in meinem Leben im Grunde nie etwas verändert hat? Und warum sind Agnes und Mieke ganz ohne Ohs normale Erwachsene geworden? Ich habe die vernünftigere Agnes lange Zeit im Auge behalten. Die frechere Agnes hat sich offenbar in Nichts aufgelöst. Sie ist eines Tages zum Friseur gegangen und kam geschminkt, lackiert und dauergewellt wieder zurück. Sie hat ein Modemagazin abonniert und gesagt: »Das kann ich tragen, aber das da nicht.« Sie ist gelassen und ausgeglichen geblieben, hilfsbereit und geduldig, sie lacht nie zu laut, und ich bin überzeugt, dass sie nicht einmal mehr weiß, was Tränen sind. Sie ist freundlich zu den Eltern und bringt am Samstag von ihrem Taschengeld einen Blumenstrauß mit, der nicht mehr als zwanzig Cent kostet. Nach ihrem Abitur hat sie gesagt: »Ich studiere Jura, damit findet man immer einen Job.« Das Angebot, andernorts in Untermiete zu wohnen, hat sie mit verwunderter Miene abgelehnt. »Hier habe ich mein Zimmer, und mehr Freiheit brauche ich wirklich nicht.« Ein paar Monate später hat sie einen Freund mitgebracht. Sie geht mit ihm normaler um als ich mit egal welcher Freundin. Kürzlich habe ich sie gefragt: »Heiratet ihr nicht, Wim und du?« »Dummkopf«, sagte sie, »habe ich mich deshalb für meine Prüfungen abgerackert?« »Aber liebst du ihn denn nicht?«, fragte ich weiter, »du gehst doch mit ihm segeln, zelten und abends nimmst du ihn mit aufs Zimmer und …«

»Ach Rolien, du wirst vermutlich nie etwas von der Kameradschaft zwischen beiden Geschlechtern begreifen. Ich lasse mich von ihm ein bisschen verwöhnen, ohne ihm dafür etwas zurückzugeben. Später, wenn ich Lust dazu habe, kann ich immer noch entgegenkommender werden.«

Miekes vernünftigere und frechere Anteile sind dagegen zum Weibchen verschmolzen. Sie ist schon vor dem Abitur von der Schule abgegangen, um einen reichen älteren Mann zu heiraten. Sie hat ein großes Haus in Amsterdam, ein Auto, zwei Dienstboten und ein Baby mit einer Gouvernante. Das Weibchen befiehlt und schnauzt, und wenn ich sie gelegentlich besuche, überkommt mich die Lust, alles kurz und klein zu schlagen, den Mann zu beleidigen, dem Baby wehzutun und sie auszulachen. In Wirklichkeit rutsche ich verlegen auf der Stuhlkante herum und steigere mich in Phantasien über ihr Intimleben hinein. Schwer ist das keineswegs, denn die Gespräche drehen sich außer um Geld und um Essen meist ums Schlafzimmer. Und nicht nur die Gespräche zeugen davon, auch die Gesten. Der reiche ältere Mann, der ohne meine Einwilligung mein Schwager geworden ist, fasst meiner Schwester, die ohne meine Einwilligung meine Schwester geworden ist, dorthin, wo offensichtlich kein Büstenhalter ist. Mieke ruft: »Hände weg, du Ferkel«, und das Baby kräht vor Vergnügen. Am schlimmsten wird es immer, wenn sie mich einbeziehen wollen. »Schnell, schnell, lasst uns einen Dreier machen«, sagt Friedrich dann (er hat zwei deutsche Großmütter). Das Einzige, was mich retten kann, ist dann, das Baby hochzunehmen und zu drohen: »Ich lass ihn fallen, wenn du mich anrührst!« Für das Kind wäre es nicht das Schlechteste, auf diese Weise aus diesem Umfeld ins Nirwana zu purzeln.

In ihrem Haus gibt es zwei Bücher, das eine ist ein Kochbuch und das andere der letzte Band eines sechsbändigen Werks namens *Der Mann und die Frau in der Ehe*. Bei meiner Unterhaltung mit Mieke geht es immer um das erste Buch, nie um das zweite. Und sonst um die Eltern. »Er wird alt, der Vater«, sagt sie, »wenn er tot ist, forderst du dann dein Erbteil oder überlässt du Mutter den Fruchtgenuss?« Ich lache über das Wort Fruchtgenuss, ich sehe die in voller Blüte stehende Landschaft der Betuwe vor mir, diese ganze wogende rosa Blütenpracht hat so wenig mit dem Tod zu tun. Ich weiß, dass ich Vater nicht besonders vermissen werde. Es wird sogar angenehm sein, wenn ich nicht mehr beiseite springen muss, weil er noch immer auf und nicht neben meine Schuhe zu spucken pflegt. Und dann hört auch das Schnarchen auf dem Diwan auf, und in der Nacht werde ich nicht mehr wie eine Nadel vom Magneten angezogen, um in dem tiefen Kleiderschrank zwischen den Schuhen kniend wütende Stimmen zu belauschen.

»Vater wird alt«, sagt Mieke, und wir denken beide an seinen Tod. Und dann macht mich das mit einem Mal doch sehr weich. Ich sehe seine große Bibliothek verlassen, ich will seine Bücher haben, haben, haben. Haben, haben ... bin ich wirklich anders als Mieke?

Und dann ist da noch Mutter. Manchmal, wenn ich krank bin, kommt sie nach oben in mein Zimmer, um die Vorhänge zuzuziehen; dann suche ich vergeblich das rote Leuchten um ihren blonden Kopf. Da ist nichts.

Aus dreht sie den Schalter des elektrischen Lichts,
Und im Dunkeln verstecke ich dann mein Gesicht
In meinen Händen,
Die suchend tasten.

Das erinnert mich an ein paar Zeilen eines anderen, nie vollendeten Gedichts:

Durch stille Straßen bin ich einst gegangen
Als eine müde Frau mit leeren Händen,

warum nur immer meine Hände? Sie sind lang und mager und oft rot, weil ich einfach keine normale Erwachsene geworden bin und mich entschieden weigere, Handschuhe zu tragen. Ich habe diese Zeilen geschrieben, als ich zum letzten Mal bei Clara Balto war. Das alte Fräulein Vola kam mit Neuigkeiten über Han. »Weißt du, Rolientje (für sie bleibe ich immer ein kleines Mädchen), wer ins Gefängnis gesteckt wurde?« Ich kenne das Gefängnis nur vom Gänsespielbrett aus Pappe und antwortete nicht. »Rolientje«, wiederholte sie, »Han, der Han von deiner Clara. Auf mich hat er schon immer unzuverlässig gewirkt.« Darauf habe ich wieder nicht geantwortet, Ralien mischte ein wenig Sensation in meinen Trostinstinkt, ich bin auf mein Rad gesprungen und habe am Velperplein 2 geklingelt.

Das Carillon spielt; sieben »Bams« dröhnen unter meinen Sohlen. Bevor die Tür aufgezogen wird, sehe ich mich in dem glänzend polierten Messing: ein langes, trauriges Gesicht, eine zu kurze Oberlippe. Habe ich das alles schon einmal erlebt? Eine Treppe … dunkelroter Samt, in dem ich mich versteckt habe … Aber hier ist kein dunkelroter Samt, hier ist nur Dunkelheit. Ich klopfe an und trete ein. Ein Kind, ein etwa dreijähriges Mädchen, sagt: »Schau mal, Kekse, hat Papi für mich gekauft, bevor er verreist ist.« Es sind runde Kekse mit rosa Zuckerguss. Ich lasse sie ihren länglich knabbern. Clara Balto habe ich sehr lange nicht gesehen. Das Kind kenne ich kaum, es sieht Han ähnlich. »Guten Tag, Clara«, habe ich gesagt. Ich habe sie heute zum ersten Mal Clara genannt, jetzt, wo sie weder rosa Wangen noch vierzehn Locken und keinen Charme mehr hat. »Guten Abend, Rolien«, hat sie geantwortet, »wem habe ich deinen unerwarteten Besuch zu verdanken?« »Zuzuschreiben«, sage ich, und ich erschrecke über das Wort. »Ich habe von Han gehört, ich wollte meine, ich wollte dich, ich … Sie … vielleicht …« »Han hat einen Betrug begangen, Gott weiß warum. Jetzt muss der arme Junge für seine Dummheit büßen, das ist alles.« »Ich wollte …«, habe ich wieder gestammelt. Weiter komme ich nicht. Und Ralien: »Und was nützen dir jetzt deine spärlichen Floskeln? Sensation, Sensation! Eine glückliche Frau, die jetzt allein mit einem kleinen Kind und einem großen Schmerz zurückbleibt.«

»Wie geht es dir, Rolien?«, hat Clara dann gefragt. »Was treibst du, bist du noch immer so lustig wie früher?«

Die nächsten fünf Minuten haben wir Banalitäten über ihr Töchterchen ausgetauscht. Anke ist groß für ihr Alter, und Anke war bestimmt früher noch blonder, und Anke, oh, wie aufgeweckt sie doch ist. Beim Abschied hat Clara gesagt: »Du musst nicht nochmal kommen, ich bin lieber allein.« Sie hat wieder oben an der schmalen Treppe gestanden.

Gibt es einen Zusammenhang zwischen dem Psychischen von heute und dem Physischen von früher? Denn die heiße Freude über ihren Mut zum Schweigen und ihr simples Geständnis lassen wieder diese andere heiße Freude in mir aufsteigen, sodass das beschämende Verlangen von damals, mich in den dunkelroten Falten zu verstecken, jetzt gewissermaßen mit diesem unfruchtbaren Wunsch, ein wenig an ihrem starken Charakter teilzuhaben, eine Einheit bildet.

Durch stille Straßen bin ich einst gegangen. Als eine müde Frau mit leeren Händen, leer, weil ich nie ich selbst zu sein wage. Und warum um Himmels willen nenne ich mich in meinen Gedichten und Novellen bloß eine Frau? In den Novellen über meine gescheiterten Selbstmordversuche, bei denen es nicht einmal bis zum Scheitern kommt, weil mich auch hier wie bei allem, was ich unternehme, mein Durchhaltevermögen im Stich gelassen hat. Gedichte über den Tod locken und leiten Ralien zu dem niedrigen Fenster im dritten Stock. Sie hat mich zuerst das eine Bein über das schmale Fensterbrett schwingen lassen, dann das andere. »Ich sitze noch«, habe ich gerufen. »Ja, das ist Leben«, hat Ralien geantwortet, »aber nur eine Bewegung, und dann ist alles vorbei.«

Ich habe diese Bewegung nicht gemacht. Sie hat mich auch ganz weit ins Meer hinausschwimmen lassen, unter hohen Wellen verschwunden bin ich dennoch wieder aufgetaucht.

»Das ist Leben«, habe ich Ralien nachgesprochen, und sie gibt gleich zurück: »Nur ein klein wenig weiter, und es wird nichts mehr sein, und Oh und Oh und Oh und Oh gehen mit dir und mit mir unter. Keine enttäuschten Freundschaften mehr, in denen du den leuchtenden Funken deines Partners suchst, ihn findest und unwiderruflich wieder verlierst. Kein Schreibdrang mehr, es gibt nichts als den Hilfeschrei deines egozentrischen Ichs, das du nicht hinter dir lassen kannst, logische Folge des vorangegangenen Oh. Nicht mehr fremd sein im eigenen Haus, aus dem du nicht zu fliehen wagst, weil du dir immer und überall fremd bleiben wirst.« »Und oh und oh und oh und oh, Ralien, wo bringst du mich hin?«

»Wo ich dich hinbringe, Rolien? Zu dem stillen Horizont, von dem du in Gedichten liest, über den du Gedichte schreibst, in denen dich das Irdische verlässt, wo du weder Hände noch Augen spürst, weder Mund noch Blut. Wo du träumen kannst, den ewig schönen Traum vom Nicht im Nichts.«

17
Widerstand

Peut-être le bonheur n'est-il que dans les gares. CHARLES CROS

Rolien ist noch zu gesund, um sich nicht gegen Raliens Versuchungen zur Wehr zu setzen. Sie entscheidet sich für das realistischste Oh, um ihr Leben zu ändern und den anderen Ohs noch eine reelle Chance zu lassen. Sie will weg von zuhause, weg aus der kleinen Stadt, weg aus ihrem Land.

»Nach Paris?«, sagt der Vater, »nie und nimmer.«

»Als ich noch klein war, da wolltest du mich sehr wohl gehen lassen. Sie sollten dort einen Jungen aus mir machen. Jetzt, wo ich die Unabhängigkeit von Männern einfordere, jetzt willst du mich davon abhalten. Ist das logisch?« Er sieht kurz von seinen Büchern auf. Es ist, als ob sie ihn nicht mehr kennt, als ob sie ihn eigentlich nie gekannt hat. Es passiert so selten, dass sie zusammen sind. Seine Gesichtshaut ist gelb und der Hals faltig und mager. Seine zweiten Zähne sitzen schlecht und bewegen sich beim Sprechen mit. Ihn umgibt ein Schleier von Weisheit, und sie weiß, dass es sich dabei nicht um Egoismus handelt, sondern um das schiere Unvermögen, sein geistiges Potential nicht ausschließlich für sich selbst zu nutzen. Hätte er als Mensch die Größe, sein eigenes Unvermögen zu bekämpfen und in positive Qualitäten umzuwandeln, die ihrerseits wiederum das Unvermögen seiner Mitmenschen angreifen und sie damit in Bewegung brächten, wie viele könnten dann, an erster Stelle sie selbst, von seinen geistigen Reichtümern profitieren. Sie spreizt die Finger, wie um diesen Schleier von ihm wegzuschieben. »Vater«, sagt sie wieder, »du sitzt schon dein ganzes Leben inmitten deiner Bücher und noch nie hast du mit mir über etwas Wichtiges gesprochen. Kannst du nicht mit mir sprechen?«

Von den dreien, denkt er, ist mir die hier noch am nächsten, aber sie ist auch ein Mädchen, und er antwortet: »Wärst du ein Junge gewesen, hätten wir zusammen forschen können. Meine Wissenschaft ist nichts für Frauen.« Indem er nun sein Unvermögen bewusst in Unwillen umdeutet, versucht er sich herauszureden. Dieses unaufrichtige Umdeuten ärgert sie, und sie gibt knapp zurück: »Es war auch eine überflüssige Frage, die ich dir gestellt habe. Wenn du dich bisher nicht für mein geistiges Leben interessiert hast, ist das der beste Beweis, dass du dich nicht für mich interessierst. Deshalb verstehe ich auch nicht, warum du dich gegen mein Vorhaben, nach Paris zu gehen, wehrst. Ich will dort lesen und schreiben und vielleicht an der Zeichenakademie arbeiten.« »Das kannst du auch hier, und außerdem«, braust er mit einem Mal auf, »verlass bitte das Zimmer, ich habe zu tun, und du lenkst mich ab, du gehst nicht, hast du verstanden, außerdem bist du mir zu leichtsinnig. Und lass mich jetzt in Ruhe, verstanden?«

Zigarrenstummel, Spucknapf, ungepflegte Nägel (die rothaarige Handpflegerin ist an zu wenig roten Blutkörperchen gestorben).

Bevor sie die Tür schließt, sagt sie: »Ich geh trotzdem«, aber diese Worte gehen ins Leere, denn er hat sich bereits wieder in seinen Schleier von Weisheit gehüllt.

Jedoch, die Mutter! Selbst eine Herbstblume in der letzten Blüte ihrer fünfundvierzig Jahre, bewegt sie sich zwischen den Herbstblumen im Garten, um die am weitesten geöffneten Blüten abzuschneiden und in einer weiten Vase zu arrangieren. Seit ihren Mädchenjahren ist dies eine ihrer liebsten Beschäftigungen: Sie macht es mit einer Finesse, unter der sich die Blütenblätter wie betört aufbiegen, kapriziös graziös, wie es ihr gefällt. In ihrer Jugend strebte ihr ganzes Verlangen hin zu diesem kapriziös Graziösen, das sie im Tanz ausdrücken konnte. Mit dem Tag ihrer Hochzeit fanden diese Wunschträume ein Ende, und der einzige, der ihr noch blieb, fiel in den darauffolgenden Jahren so unbemerkt ab wie eine unreife Frucht einer Sommernacht.

Und dennoch, die Mutter! Ihr wahres Wesen hat sie nicht verändern können, und als Rolien mit der Frage zu ihr kommt: »Mams, was würdest du davon halten, wenn ich nach Paris ginge? Vater ist dagegen«, da meldet sich die ganze alte Romantik wieder zurück. Sie versucht ihren Neid zu unterdrücken, weil sie diese Tochter, die ihr so fremd ist, mehr als die anderen liebt. Rolien denkt: Wäre Vater wie Herr Staphorst rechtzeitig unter eine Straßenbahn geraten, dann wäre Mams viel glücklicher geworden, und ich wahrscheinlich auch. Zwar hat sie, als sie das Schloss an meinem Schreibtisch aufbrach, um meine Briefe zu lesen, wie der Dieb gehandelt, der Nellie gestohlen hat, aber ich habe es ihr sofort vergeben, sobald ich fühlte, dass ich sie für immer hassen kann. Deshalb kann ich sie jetzt nur noch lieben, auch wenn sich in diese Liebe Mitleid mengt. Ja, warum hat sie dem Vater eigentlich keinen Schubs gegeben? Die Bergstraße ist steil, die Tram kann dort unmöglich rechtzeitig bremsen. Nur ein einziges Mal hätten Mutters dünne Beine, statt – wie sie es immer tun – vor Vaters ausgebeulter Hose herzugehen, ein paar Schritte zurückfallen müssen. Ein kleiner Schubs ihrer schönen Hände gegen diesen schwächlichen, plumpen Körper, und Marius Kolar hätte noch am selben Abend bei den gemischten Nachrichten ein Plätzchen eingeräumt bekommen: »... nahezu unerkennbar entstellt fanden wir unseren inzwischen verstorbenen, hochgeehrten Mitbürger M.K. vor. Seine verzweifelte Ehefrau ...« Aber wäre diese verzweifelte Ehefrau tatsächlich eine so große Komödiantin gewesen, um ihre Missetat geheim halten zu können? Missetat oder Wohltat, Missetat oder Wohltat?

»Rolientje, du hast denselben Blick wie damals, als du noch ein kleines Mädchen warst«, sagt die Mutter dann. »Erinnerst du dich noch, dass ich dich heimlich beim Schreiben beobachtet habe? Ich fragte, was du tust. ›Zuhören‹, sagtest du. Hörst du wieder oder hörst du noch zu?«

»Ich höre dir zu«, sagt Rolien, »und warte auf deine Antwort.« Sie hat eine Ablehnung erwartet, eine Ablehnung, in die sie vielleicht mit Worten Zweifel säen könnte, einen Zweifel, den sie durch Taten in eine unausgesprochene Zustimmung umbiegen könnte. Aber zwischen Dahlien, Ringelblumen und Kosmeen steigen begeisterte Töne auf. Während sie diese Töne zu Wörtern und die Wörter zu Sätzen gliedert, begreift sie allerdings, dass die blonde Mutter nicht mit ihr, sondern mit sich selbst spricht, Ausdruck eines jäh wiedergefundenen Jugendtraums: offene Grenzen, Freiheit, getrieben von dem Ideal, unter Fremden Mensch, Frau zu werden. Es erinnert Rolien ein wenig an eines dieser kitschigen Mädchenbücher für die reifere Jugend, Generation gegen Generation, vor allem die Frage der Mutter: »Aber was ist dein Ideal? Warum willst du eigentlich weg?«

»Ich will schreiben«, sagt Rolien einfach, »und lesen und vielleicht an der Zeichenakademie arbeiten.«

Die Mutter bückt sich erneut, um Blumen abzuschneiden, und während Rolien automatisch die vom Stutzen verwundeten Stiele hinter Blättern verbirgt, kehrt die Mutter, schon wieder weit von dieser flüchtigen Erinnerung entfernt, mit einer nüchternen Antwort, die der des Vaters entspricht, in die Wirklichkeit zurück – der Beweis, wie sehr sie im Geiste (des tagtäglichen Lebens) dem Denken eines Mannes verbunden ist, den sie kaum noch achtet.

»Ich geh trotzdem«, sagt Rolien auch dieses Mal.

»Nein, Mutter, bitte nicht noch einen Abschiedskuss, der Zug fährt jeden Moment ab, und wenn du mich küsst, verlierst du das Gleichgewicht. Nein, Agnes, komm nicht so nah, du fällst dazwischen, du fällst dazwischen! Ich fahre, ich fahre weg, was drückst du mir da in die Hand, Vater?«

»Pssstt«, sagt der Vater mit einem warnenden Blick zur Mutter. Aber die hat nichts bemerkt, sie sucht in ihrer großen Tasche, die Rolien so gern haben wollte (warum habe ich sie dem Kind nicht gegeben, jetzt ist es zu spät), findet das Taschentuch und winkt.

»Op Wiedersehn!«, ruft Friedrich in dem ihm eigenen Mischmasch aus Deutsch und Holländisch. »Und achte gut vor bösen Männern.« Mieke ist schon am Ausgang, aber der Vater hastet neben dem Zug her. »Wenn es dir sehr schlecht geht, Rolientje«, keucht er, »dann komm zurück oder schreibe um Geld, schreib mir: ›Ich lese Bergson‹, und ich weiß, dass du es nö …«

» … tig hast«, ergänzt Rolien, » … tig hast, tschüss alle zusammen, tschüss, … tig hast!«

Sie öffnet den Umschlag: hundert Gulden. Sie ist allein, sie ist glücklich. Beklommenheit und Unruhe der vergangenen Tage entschwinden mit dem Dampf der Lokomotive. … tig hast, … tig hast, singen die Räder und: Wer ist glücklich? »Ich«, sagt Rolien, und: Wer hat das Glück gebracht? »Der Bahnhof«, sagt Rolien. Wo ein Abschied ist, beginnt eine neue Zeit. Alles ist sauber, alles blitzblank, keiner kennt dich, wenn du willst, kannst du ein anderer sein, überall, wo du hingehst, kannst du die Rolle des Unbekannten spielen. Ralien habe ich auf dem Bahnhof zurückgelassen. Sie war unschlüssig, ob sie nicht doch mitkommen sollte. Doch mein unerwarteter Widerstand hat sie schon länger verschreckt. Deshalb ist sie verschwunden, schon vor meiner Abfahrt. Wie ein Geist drang sie durch die Wartenden. Ich sah ihre Hand über allen Köpfen, ihre rechte Hand mit zwei erhobenen Fingern. Wollte sie schwören, dass sie doch wiederkommt, dass sie mich doch verfolgen wird? Aber noch nicht. Oh, Ralien, noch nicht. Ich bin von dir befreit und deshalb: und oh und oh und oh und oh, ich bin nicht mehr fremd in meinem Haus, ich bin jetzt eine Fremde in einem Land. Ich bin glücklich, ein Bahnhof bringt Neues, ein Bahnhof bringt Glück. Ich werde ein anderer, ich werde ich selbst. Keine Agnes, keine Mieke, sondern ein Mensch, ich werde ein Mensch.

Still und fleißig ohne Launen?

Stürmisch und faul mit Launen?

Alles kann ich werden, wenn du, Ralien, nur wegbleibst.

Jetzt schließt Rolien die Augen. Sie sieht ein großes Haus ohne Fenster und ein hohes Haus mit einem kleinen Fenster. Warum wird sie in diesem großen Haus ohne Fenster eingeschlossen? Sie will zu dem hohen mit dem kleinen Fenster. Aber das geht doch nicht, sie ist Gouvernante, Gouvernante mit Liebe zu Kindern, vor allem mit Liebe, dann wird alles gut. N'est-ce pas, Blaise, Mademoiselle wird es dir noch einmal vorsagen, und dann musst du es nachsagen …

18
Auteuil

»N'est-ce pas, Blaise, Mademoiselle wird es dir noch einmal vorsagen, und dann musst du es nachsagen. Hör gut zu: Petit bonhomme, tu sais maintenant ton alphabet. Comme l'ine du début devient un zèbre, tu es en train de devenir un savant à condition toutefois de continuer à travailler et d'apprendre.«

»Das ist nicht lustig«, sagt der kleine Junge, »ich will nur lustige Sachen nachsagen. Ich geh nicht ins Bett, bevor ich was ganz Lustiges gehört habe.«

Und Rolien: »Tiens, fait le furet, un trou, il doit y avoir un lapin.«

»Noch lustiger, Mademoiselle.«

Und wieder Rolien: »Le singe en somme (sofort hörbarer Unterschied zwischen den beiden S)

c'est une espèce d'homme,
il peut-être berger.«

»Noch, noch lustiger, Mademoiselle.«

Und wieder Rolien:

»Et l'otarie c'est une sorte de chien,
rien ne l'empêche,
de garder les moutons.«

»Ja, warum auch nicht«, sagt Blaise. »Das ist überhaupt nicht lustig, oder, Mademoiselle? Denn warum sollte eine Maus keinen Wagen ziehen können und warum sollte ein Pferd nicht hinter die Tapete kriechen?«

»Weil es zu große Löcher hinterlassen würde, und du, du hättest Angst vor einem Pferd.«

»Nein, nein, überhaupt nicht, ich würde mit seiner Mähne spielen. Und warum hat ein Hund keinen Rüssel und legt ein Schwein keine Eier?«

»Und warum gehst du nicht schlafen, Blaise, es ist schon spät und Mademoiselle will auch schlafen.«

»Haben Große auch Schlaf, auch so einen Kribbelschlaf?«

»Ja, fast alle.«

»Papa nicht.«

»Papa hat zu viel Arbeit.«

»Also haben Sie nicht genug.«

»Ja, nicht genug und doch genug, Blaise.«

»Das verstehe ich nicht, ich werde es Maman sagen.«

»Nein, Blaise, dass sollst du nicht tun.«

»Warum nicht?«

»Darum nicht.«

»Warum nicht?«

»Darum nicht.«

»Wrum nicht?«

»Drum nicht.«

»Wrum?«

»Drum.«

»Wr …?«

»Dr …«

Blaise schläft. Die Arme unter dem Kopf verschränkt. Kleine Ellbogen mit niedlichen Grübchen in Verteidigungshaltung. Blaise träumt. Er lacht, bewegt den Kopf und flüstert: »Noch lustiger, noch lustiger.«

Ich habe auch Ellbogen, sagt Rolien, warum verteidige ich mich dann nicht? Warum arbeite ich hier den ganzen Tag für ein lächerliches Taschengeld, ohne eine Sekunde für mich zu haben?

Es ist jetzt neun Uhr, und ich kippe fast um vor Müdigkeit.

Ich lebe seit zwei Wochen in Paris, habe aber bisher nichts gesehen außer diesem grässlichen Reicheleuteviertel mit lauter wohlhabenden Familien. Ich lebe in Paris, in einem Villenpark in Auteuil. Madame spricht täglich drei persönliche Worte mit mir und lässt Monsieur keine Gelegenheit zu mehr als zweien (in die er übrigens durchaus seine Absichten hineinzulegen versteht). Ich lebe in Paris, und es schneidet mir die Luft ab, ich ersticke!

Sie öffnet die Fenster: Platz und Luft. Platz und Luft. Platz und Bäume, dunkle Bäume in lauer Oktobernacht. Das große Haus ohne Fenster, wo ist das hohe Haus mit dem kleinen Fenster? Ein Hundertguldenschein liegt in einer Tasche. Die Tasche liegt in einem Handkoffer. Der Koffer steht in dem Zimmer, in dem Blaise schläft. Morgen ist Bügeltag. Das sonst mit jedem modernen Komfort ausgestattete Haus hat kein elektrisches Bügeleisen. Roliens Spucke tanzt auf jedem Eisen, das sie von der heißen Herdplatte nimmt. »En famille« mit einem lächerlichen Taschengeld. Aber Madames Nachtgewänder haben zehn und nicht neun kleine Falten, Mademoiselle, und Monsieur trägt hellblaue Seidenslips ohne Schlitz. Auf dem Gartenfest mit Marguérite hatte sie auch eine Unterhose mit Schlitz an. Marguérite ist jetzt in Britisch-Indien, und die Unterhosen mit Schlitzen … diese Wohlanständigkeit macht mich ganz gemein. Morgen Bügeltag, und übermorgen mit Blaise zum Zahnarzt: Liftfest in einem Lift ohne Decke, in dem man zum Himmel hinaufsteigt, zu lockenden Deckenengeln. »Wir sterben, wir sterben«, ruft Blaise dann, »wir gehen zu le bon dieu, er sitzt hinter dem Engelpopo, ich seh ihn, ich seh ihn.« Nachdem der Lift im achten Stock mit einem Ruck durch die Kabine stillsteht, folgt der Zahnarzttermin mit den Instrumenten und dem Pfefferminzbonbon danach. Und überübermorgen mit Blaise zu dem Friseur, der sich mit ihr verabreden möchte. Aber vor neunzehn Uhr, ma chère petite, denn da geht mein Zug in die Banlieue, zu meinem Gemüsegarten und meiner Frau. Und überüberübermorgen ...

Der Koffer steht in dem Zimmer, wo Blaise schläft. Keine Sentimentalitäten, es ist ein Kind wie jedes andere. In zwei Wochen verliert man sein Herz nicht. Er hat blondes Haar. Hellblond. Ich könnte keinen blonden Mann lieben. Wen habe ich geliebt? Ich will lieben, leben!

Der Koffer steht jetzt draußen. Das Gartentor hat gequietscht. Nur pie-ie; ganz oft ein leises Pie-ie-ie, es erinnert eher an Oktoberbaumgeraschel als an ein lautes Piep Piep Piep. In dem Handgepäck liegt eine Tasche. In der Tasche liegt ein Hundertguldenschein.

Taxi ... Taxi ...!

Blaise ist jetzt mit den Affen und den Seehunden allein. Die Schweine legen Spiegeleier, die er mit einem Löffelchen und Mademoiselle mit einer Gabel isst. Die Hunde bellen durch ihre Rüssel: Pie, ie, ie, ie! Die Hände von Madame, Mademoiselle, liegen gefaltet auf den zehn und nicht neun Falten.

Monsieur kann nicht einschlafen. Es wäre doch besser, wenn dieses magere holländische Ding im Besucherzimmer schliefe. Besser für sie und für ihn.

Taxi ... Taxi ...!

19
Das Ei des Kolumbus

Dämmerung über der Seine. Abgedroschene Stunde der Inspiration. Dichter träumen davon, den Satz zu finden, nach dem sie benommen im Sonnenschein suchten. Ein Wort kam, ein Wort ging, und wieder schenkt die Dämmerung eine Folge von Wörtern, instinktiv aneinandergereiht. Maler bringen kurz vor Sonnenuntergang die Farbe, die sie stundenlang vergeblich zu mischen versuchten, auf ihre Palette. Eine betrunkene Frau auf einer Bank unter Bäumen und fallenden Blättern. Stilles Wasser. Scheinwerfer. Wohin, wohin? Warum nimmst du mich nicht mit? Nimm mich mit, nimm mich mit! Petroleumlicht aus einer Schiffskajüte. Wird eine Frau, die Brüste vom Tau eingeschnürt, am frühen Morgen dieses Schiff ziehen? Wasser, Wasser …

Die Woudhout-Kinder. Männer und Frauen. Die Körper von Liebenden bilden eine Einheit mit zwei dunklen und zwei glänzenden Beinen, einer farbigen Feder oder einem leuchtenden Band. 4256 RM 3, 9146 RM 8, wohin, wohin? Nimm mich mit, nimm mich mit!

Gleich bekomme ich Besuch von einem Mann. Er heißt Jean, seinen Nachnamen habe ich vergessen. Er hat mich angesprochen, als ich in einer Kneipe über den Buchrand ins Leere starrte. »Ich werde Ihnen Paris zeigen«, hat er gesagt: »Mein Paris.«

Augen: groß, kindlich (noch nicht ohne Brille gesehen).

Hände: gut gepflegt, aber breite Daumen. Was bedeutet das? Bei mir sind dort, wo meine Finger anfangen, weiche Hügelchen in der Handfläche. Friedrich behauptet, das verrate latente Sinnlichkeit.

Mund: mit schlechten Zähnen und manchmal einem dümmlichen Ausdruck. Dann hängt ihm die Zunge halb aus dem Mund, dann pustet er so wunderlich. Das ist ekelhaft. Heute war der Brief an Vater fällig. In der Bibliothèque Nationale habe ich *Le rire* von Bergson bestellt. War es reiner Zufall, dass ich, um ihn auf meinen pekuniären Zustand aufmerksam zu machen, ausgerechnet diese Passage für ihn abgeschrieben habe? »Es gibt Gesichter, die scheinen unaufhörlich mit Weinen beschäftigt zu sein, andere mit Lachen oder mit Pfeifen; wieder andere sehen aus, als bliesen sie ewig in eine Trompete. Das sind die komischsten.«

Denke ich mit mehr Interesse an dieses sogenannte Ekelhafte, als ich mir selbst einzugestehen wage? Ich hätte Vater schließlich auch einen ganz anderen Satz von Bergson schreiben können, beispielsweise: »Wir lachen immer dann, wenn eine Person uns an ein Ding erinnert.« Damit hätte ich den Brief füllen können, was meist nicht leicht ist, weil er meine Wahrheit für Lügen und meine Lügen für Wahrheit hält. Ich hätte ihm dann erzählen können, wie Kinder und Lehrer, ja vor allem Lehrer, zu ihren passenden Spitznamen kommen und warum man nicht auf jemand hören kann, der für einen keine Person mehr ist, sondern ein Ding. Wie sich Bergson zufolge das Komische auf das rein Persönliche beschränkt, sodass man, wenn man es genießen möchte (und ich bin immer darauf aus, das herauszufinden!), schließlich immer auf seinen Mitmenschen angewiesen ist und deshalb das Komische meiner Meinung nach in vielen Fällen von Selbstvorwürfen begleitet sein muss. Ich sollte übrigens besser bei mir selbst anfangen. Bin ich nicht komisch, wie ich hier aus dem Fenster lehne? Ich, niemand anders als Rolien Kolar, gegenwärtig zwanzig Jahre alt und einsam, einsam. Nein, ich bin nicht komisch, sondern lächerlich, wenn ich aus vier Millionen Büchern in der Bibliothek willkürlich fünf auswähle. Und warum sollte ich eigentlich morgen nicht auch eines der fünfundzwanzigtausend orientalischen, armenischen oder chinesischen Werke bestellen, einzig und allein wegen des Wohlbehagens, das mich überkommt, wenn ein Mann hinter mir lautlos ein Buch von seinem hohen Stapel vor mich legt und ich dann diesen unbekannten Band in meinen Händen halten darf; wenn ich darin blättern und vor allem wenn ich daran riechen kann, eine alte Angewohnheit aus meinen ersten Jahren auf der höheren Schule. Ich trinke diesen Geruch der Weisheit, vermischt mit der Verehrung und der Verachtung Tausender von Lesern. Nein, ich bin nicht komisch, sondern lächerlich, wenn ich aus diesen fünf willkürlich ausgewählten Büchern nur die Zitate übernehme, die zu meinem eigenen Leben oder meinen Gedanken passen. Lächerlich vor Egozentrik, der ich nicht entkommen kann. Wenn ich bei Cocteau lese: »Frankreich hat derzeit zehn große Maler, und von diesen zehn großen leben dreitausend in Montparnasse«, dann denke ich an Numero Dreitausendundeins, der irgendwo in einem möblierten Zimmer im 20. Arrondissement lebt. Er bezeichnet sich ebenfalls als Maler, aber ich glaube, er beschäftigt sich wenig mit farbenfrohen, sondern viel mit dunklen Dingen. Er heißt wie gesagt Jean, seinen Nachnamen habe ich vergessen.

Wir sind jung, die Welt ist offen, sang ich in einem Mädchenlager, wo Popul einen Höhepunkt erlebte, weil ich in der ersten Nacht auf einem Stück Schokolade eingeschlafen war. Wir sind jung, die Welt ist offen, summe ich in mich hinein, wenn ich in der Bibliothek inmitten der suchenden und schreibenden Masse nach zehn Minuten Willensanstrengung aufblicke. Nur meine Augen irren den langen Tisch entlang. Ich sehe den alten Herrn an seinem reservierten Eckplatz nach etwas in einer knisternden Tüte greifen. Er steckt es neben, dann in seinen Mund und arbeitet schmatzend weiter. Ich sehe den Mann, der mit der linken Hand Zeichnungen durchpaust, und die alte Frau mir gegenüber, die von den zwölf dickleibigen Bänden vor sich immer nach Gefühl den richtigen herauszieht. Suchen, lesen, schreiben. Was von der Welt sonst noch übrig ist, ist weit weg. A setzt die Brille auf und wieder ab, B ballt die Hände zu Fäusten, C schüttelt seine Beine, und D kratzt sich am Kopf. All das geschieht unbewusst und zeitvergessen. Ich, ich kann meine Hände zu Fäusten ballen, aber dann weiß ich, dass ich das mache, und zwar ausschließlich das; das Suchen, Lesen, Schreiben ist nebensächlich geworden. Ich sehe meine Bewegungen, ich sehe mich selbst lesen, die Seite ungeduldig halten und umblättern, ich sehe, wie ich ernst schaue und wie ich lächle, ich verliere mich selten oder nie. Woran denke ich dann jedes Mal? Tolstoi meint, es spielt keine Rolle, woran ein Mensch denkt, wenn er nur zu denken gelernt hat. In seinem tiefsten Inneren drehen sich seine Gedanken doch immer um den eigenen Tod. Alle Philosophen waren so, und welche Wahrheit kann es geben, wenn es den Tod gibt?

Dämmerung über der Seine. Wenn ich bis zum Morgengrauen warte, erlebe ich womöglich, um mit André Bretons Worten zu sprechen, wie »auf der Brücke im Tau der Katzenkopf sich wiegte«. Was die Surrealisten geschrieben haben, klingt mir sehr vertraut. Es ist für mich wie das Ei des Kolumbus, ich weiß das alles; ich habe nur vergessen, daran zu denken, mehr fehlt nicht, um es selbst zu machen. Das ist auch bei diesem unheimlichen Clown der Fall, der in der Gegend von Châtelet Leute anhielt, die am Kai entlanggingen. Wenn jemand in Begleitung war, nahm er einen von ihnen dreist beiseite und fragte ihn direkt: »Wie heißen Sie?« Er dankte und ging weiter. Breton, der davon ausgeht, dass fast alle ihren Namen genannt haben, bewundert den Mut dieses Mannes, sich gratis ein solches Schauspiel zu verschaffen.

Warum habe ich vor diesem Mann nicht daran gedacht, so etwas zu tun?

Genauso verhält es sich auch mit der spürbar gleichbleibenden täglichen Verteilung von Menschen bei öffentlichen Anlässen. Welche Erklärung, beispielsweise, kann es dafür geben, dass es nie vorkommt, dass ein üblicherweise ausgebuchter Theatersaal eines Abends so gut wie leer bleibt, aus dem einfachen Grund, weil jeder irgendwo anders etwas zu tun hat (wohlgemerkt Säle, in denen fast oder gar keine Plätze reserviert werden)? Und warum befördern die Züge an denselben Tagen im Jahr eine so wenig wechselnde Zahl von Reisenden? Es ist das Fehlen von Zufällen, die in solchen Bereichen eine Rolle spielen. Warum habe ich das nicht schon vor Breton ausgesprochen?

Und so verhält es sich mit seinem »Was ich höre, bedeutet nichts, es gibt nur das, was meine Augen sehen, wenn sie geöffnet sind, und noch mehr, wenn sie geschlossen sind«.

Und so verhält es sich mit seinem »Ich glaube, es gibt nichts, das nicht zulässig ist«.

Und so verhält es sich mit seinem »Der Geist, der im Surrealismus untertaucht, erlebt in der Ekstase noch einmal das Beste aus seiner Jugend«.

Was ist mein Bestes gewesen? Mein Schlechtestes war mein Bestes. Es gibt keine Norm.

Und so verhält es sich mit seinem »Du solltest wissen, dass unter jedem Fenster, bei dem es dir in den Kopf kommen könnte, hinauszuspringen, freundliche kleine Wichtel die vier Enden des tristen Liebeslakens für dich bereithalten«.

Nicht jetzt, noch nicht, auch wenn mich jedes Wort, das ich lese, einsamer macht, auch wenn keiner da ist, keiner, mit dem ich über all das sprechen könnte. Ich hätte eigentlich besser einen Verrückten kennenlernen sollen als diesen nachnamenlosen Jean. Die Gedanken eines Narren sind überraschend und nützlich, allein schon, weil sie einen zum Nachdenken bringen: Wer ist der Narr, er oder ich? Bei Jean weiß ich sofort, dass er der Narr ist, im bürgerlichen Sinn des Wortes. Also ist das Austauschen von Gedanken überflüssig, ich behalte meine, und die von ihm an mir hängenbleiben, werfe ich abends, bevor ich schlafen gehe, aus meinem kleinen Fenster in die stille Seine.

20
Square des Innocents

Im ersten Stock des Musée Carnavalet bleibt Jean vor dem Gürtel stehen, den ein junges Mädchen bei Voltaires Leichenzug trug. »Was ist daran so wichtig?«, fragt Rolien.

»Nichts«, antwortet er, »es ist in der Tat nichts als ein Gürtel, aber wie verdammt mager muss es gewesen sein, dieses Kind! Siehst du, dass nur das erste oder das letzte Loch, egal wie du es bezeichnen willst, verwendet wurde.«

Paris, Paris!

Vor dem Gefängnis La Roquette, wo man früher die zum Tode Verurteilten untergebracht hatte, zeigt er ihr voller Bewunderung die Steinquader, auf denen von 1853 bis 1899 die Guillotine stand. Heute bringt er Rolien schnurstracks zu Hausnummer 62, Passage de la Folie Regnault, um ihr das Holz dieser Guillotine zu präsentieren.

Paris, Paris!

Dann nimmt er sie mit zur Champs-Elysées. Bei Hausnummer 114 bleibt er stehen. »Ein Haus«, sagt Rolien.

»Ja, aber was für ein Haus, Rolien. Am 24. Juni 1903 hat Monsieur Santos Dumont mit seinem Luftschiff Nr. 9 den Hangar in Neuilly verlassen und ist hier auf dem Gehsteig vor seinem eigenen Haus gelandet.«

»Ohne sich zu verletzen?«

»Nein, aber trotz Beulen und blauer Flecke ist dieser Teufelskerl nach Neuilly zurückgeflogen. Du gähnst, Mata Hari?«

»Mata Hari?«, wiederholt Rolien geschmeichelt. »Wieso Mata Hari?«

»Nun, ganz einfach, weil du auch im August und auch in Leeuwarden geboren bist.«

»Woher weißt du das?«

»Das steht doch in deinem Pass?«

Paris, Paris!

Jeans sonntägliche Vergnügungen sind wahrhaftig nicht alltäglich. An dem ersten Tag des Herrn, den sie gemeinsam verbringen, sagt er: »Heute gehen wir zu den Celebrities.« Als sie ihn bittet, das näher zu erläutern, lehnt er zornig ab, man sieht seine Zunge zwischen seinen Zähnen, und schon aus ästhetischen Gründen besteht Rolien nicht weiter darauf. Sie will nur noch wissen, ob sie sich dafür schick anziehen soll. Dazu schweigt er. Und dann nimmt er sie mit zu Debussy auf dem Cimetière de Passy; auf dem Friedhof von Montmartre besucht er mit ihr Stendhal und Alexandre Dumas Fils; auf dem Père Lachaise zeigt er ihr de Musset, la Fontaine, Weber und Sarah Bernhardt. Und als sie dann, müde vom Wandeln unter den Zypressen, endlich in der Metro auf einer Bank sitzen, ruft Jean verzweifelt aus: »Wir haben Balzac und Molière vergessen, wir haben …«

»Heute reicht's mit deinen Celebrities«, sagt Rolien, »ich kann nicht mehr.«

Jean hat bei jedem der Gräber zwei Minuten innegehalten. Mit dem grauen Hut zwischen Daumen und Zeigefinger, den Kopf geneigt, hat er auf den Grabstein gestarrt. Danach hat er wieder Roliens Arm ergriffen und gesagt: »Weiter.« Er hat ihr nichts erklärt. Er hätte sie genauso gut zum Grab irgendeiner Madame Germaine Dupont mitnehmen können, die im Alter von drei-, vier- oder fünfundneunzig Jahren bei einem x-beliebigen Zugunglück ums Leben gekommen ist. Oder zur frisch ausgehobenen Erdwiege eines Kindes, bei der sich Seele und Blumen wiederfinden. Oder zum Grab einer Jungfrau, wo unter Glasstürzen steife Kränze prangen, wo der blonde Engel von einem verblichenen Foto in den Garten der Verstorbenen späht: ... so war ich, so jung und unschuldig, so unberührt liege ich hier unter diesem schweren Stein.

Nun bekommt Jean Gewissensbisse. Was gehen diese Friedhofszwangsvorstellungen das Mädchen überhaupt an? Und das Mädchen denkt an eine längst vergangene Zeit. Welchem Gedanken, der zu einer Tat führen könnte, möchte der Mann entrinnen? »Ich werde dir gleich etwas Fröhlicheres zeigen«, sagt er und kauft für sie eine Tüte Kastanien, deren Schalen er in seine Jackentasche steckt. Und was ragt aus dieser Tasche? Ein Revolver? Ein Taschenkamm aus Stahl mit Staubmäuerchen zwischen den spitzen Zähnen.

Vater, Vater, alles wiederholt sich ...

»Dieses Haus, Rolien, ist ein Temple d'Amour oder auch Abri d'Amour oder auch, wie man diese Wohnungen im achtzehnten Jahrhundert zu nennen pflegte, eine der Folies, die großen Herren ...«

»Wie schön das Licht ist, Jean, dort auf den grauen Steinen.«

»Und die großen Herren, sage ich, die hatten oft einen Gärtner als Diener, was beweist, dass sie sich nicht ausschließlich mit dem Essen verbotener Früchte befassten ...«

»Können wir nicht klingeln und mal reingehen? In so einem Haus muss es doch sehr viel zu sehen geben.«

»Mit dem Essen verbotener Früchte, sage ich. In der Chaussée d'Antin gab es einen Gärtner, der so schöne Kirschen anbaute, dass die ehrbarsten Frauen ihm mindestens ein Lächeln schenkten, um in den Besitz eines solchen Körbchens zu kommen.«

»Aus welchem Vademekum über Paris hast du das denn, Jean?«

Daraufhin hat er auf dem Absatz kehrtgemacht, ist zwischen

den Leuten verschwunden und hat sie (lauthals lachend) allein vor dem Liebestempel stehen lassen.

Nach einer Woche des Schweigens findet sie schließlich ein Telegramm: »Erwarte dich Sonntag zehn Uhr Hundefriedhof Asnières.« Freut sie sich, weil er noch an sie denkt? Wenigstens steht sie schon um halb zehn inmitten der treuen und leider zu früh entschlafenen Médors, Pitous, Zazas, Totors und Chériechen. Eine Hand auf ihrer Schulter. Jean. Die toten Hunde machen ihn gesprächig. »Was meinst du, wie Chichi aussah?« »Wie eine Dogge«, sagt sie.

Er: »Nein, wie ein Schoßhündchen. Braun und seidig.«

Sie: »Gar nicht, struppig.« Ihr macht es Spaß, ihren veterinären Wortschatz zu erweitern. So ist das Leben gut, denkt sie, denn ich habe keine Gelegenheit, mit ihm von dieser Oberfläche abzugleiten. Dann liegt da allerdings dieser Windhund, der alles verdirbt. Ein Windhund, der auf den Tag genau einen Monat tot ist. Sie hat ihm das Bildnis des unvergesslichen Knou gezeigt, Knou an einem Baum, aber ordentlich auf allen vier Pfoten stehend. Knou, mit falschem Lachen und Arroganz wegen seiner erbrachten Leistungen. Sie lässt Jean »Windhund« nachsagen. »Wind-und, Wind-und«, antwortet er zerstreut. »Windund, mon Dieu, das ist Guillaume, Guillaume, den sie dem Baron de Perpigny entwendet haben. Für den Finder wurde eine Belohnung von tausend Francs ausgesetzt. Ich komme zu spät, ich komme immer zu spät!«

Ja, er kommt immer zu spät. Als sie nach einem schweigend eingenommenen Mittagessen am Louvre eintreffen, um einen Dampfer nach Longchamps zu nehmen, sehen sie gerade noch das Heck der Hirondelle, ein paar kabbelnde kleine Wellen, dann nichts mehr. Eine Busfahrt soll diesen Schiffsausflug ersetzen. »Wenn er nur da ist, wenn er nur da ist«, sagt Jean zu sich und dann laut: »Hast du Ahnung von Rennen?«, und dann:

»Hast du ein bisschen Geld dabei, du bekommst es vierfach zurück. Fünffach. Sechsfach.«

Das gefällt ihr. Sie gibt ihm den Rest ihrer hundert Gulden. »Merci chérie«, sagt er. »Noch heute Abend hast du es wieder. Und vergiss nie, dass das erklärte Ziel der Rennen darin besteht, die Rasse- und Halbrassepferde zu veredeln. Alles andere ist nebensächlich, ein kindliches Nachmittagsvergnügen.« Bei den verrückten Hüten blickt sie genauso wenig durch wie bei den wechselnden Nummern. Und die glänzenden Pferde sind nicht halb so schön wie das Zauberpferdchen mit dem geborstenen Schwanz von Clara Baltos Hochzeitstag. Ihr ist kalt, und sie verschwindet in einem Suppenzelt. Jean kommt dazu und trinkt etwas. »Hast du den Baron gefunden?«, fragt sie. »Der ist in Amerika«, gibt er düster zurück, den Blick fest auf die Ergebnistafeln geheftet.

»Komm, erzähl mir was von ihm, Jean, das ist mir alles so fremd.«

»Nicht jetzt, chérie, es ist zu ernst.«

»Was ist zu ernst, das Veredeln von Pferderassen oder das kindliche Nachmittagsvergnügen?«

»Kein Glück heute, mon petit lapin, ich bin sie los, hast du vielleicht noch ein paar?« »Was«, ruft sie aus, »du hast meine Gulden verloren?«

Mein Geld, Vaters Geld, mein Geld. Was steh ich nur hier inmitten einer feindlichen Welt herum, in der sich die Männer bemühen, ihr Vermögen zu vermehren, was sie in die Lage versetzt, neben einem albernen Hütchen promenieren zu dürfen, um ein anderes albernes Hütchen kaufen zu können. Was steh ich nur hier auf diesem feuchten Rasen zwischen jämmerlichen und manchmal hungrigen Gestalten herum, in diesem Suppenzelt, wo ich meine dritte Suppe aus einer schlecht gespülten Tasse schlürfe?

»Komm, wir gehen«, sagt Jean. Das Unglück macht ihn weich. »Wir haben noch einen ganzen Nachmittag vor uns. Hör auf zu träumen, du siehst dann so einfältig aus.«

Jean kennt in der Nähe der Hallen ein gutes und günstiges Restaurant. Er fragt, ob sie ihn dorthin einladen möchte. Die Pferde von morgen werden das und den Rest mehr als wettmachen. »Nicht wahr, mon chou, du vertraust mir? Ich bin kein Betrüger.«

Sie bleiben vor Jean Goujons berühmtem Springbrunnen stehen. Die Grazie der Najaden dieses verirrten Meisterwerks versetzt Rolien in Entzücken. Sie sieht zu Jean. Auch er wirkt wie in Ekstase. Ist um diese Zeit denn noch ein anderer Kontakt möglich als der von Saucisses de Toulouse und Crême dorée?

»Oh«, sagt sie, »was für ein Prachtstück, so unverhofft in dieser Gegend.«

»Prachtstück?«, fragt er verwundert. »Eher Zufall. Denn du weißt doch, wie der Platz hier heißt? Du weißt es nicht? Es ist der Square des Innocents. Und du, ausgerechnet du, musstest am letzten Tag deiner Unschuld mit mir hierherkommen. Am letzten Tag …«

21
Liebe (Banalität und Humor der)

Am nächsten Abend schlurft Jean über die staubigen Läufer der sechs Treppen ins oberste Stockwerk des Hotels. Unter den einen Arm hat er ein Kilo Baguette geklemmt und unter den anderen eine Flasche Pinard. Auf jedem Stockwerk begegnet er Glühbirnen, die nicht brennen. Das Brot stößt gegen das Treppengeländer. »Verdammt nochmal«, knurrt er, und ein Hund kommt überraschend zu einem leckeren Abendbrot. Dann klopft er an eine Tür. Eine Stimme ruft: »Moment, ich bin noch nicht angezogen.« Er denkt: »Gleich musst du dich sowieso wieder ausziehen« und antwortet: »Ihr untertäniger Diener wartet voll Ungeduld, bis Ihr letztes Druckknöpfchen geschlossen ist.«

Das Baguette liegt jetzt auf dem ungedeckten Tisch. Neben dem Wein steht eine altholländische Butterdose. Blau und weiß. Jean öffnet den Deckel. Innen ist sie aus weißem geborstenem Porzellan. »Wo ist die Butter?«, fragt er. »Ich habe keine Butter«, sagt Rolien, »wenn du Geld hast, hole ich welche.«

»Geld? Hier hast du alles, was ich besitze.«

Goldregen, Goldregen ...

»Und dann gibt es noch das hier, den Leihschein vom Mont de Piété. Fällt dir nichts an mir auf? Nein, nicht dem Gesicht, den Händen. Mit den Rennen hat es wieder nicht geklappt, das gibt es, so schwarze Tage, fällt dir denn nichts an meinen Händen auf, schau, an meinen Händen.« Sie schließen sich jetzt um die altholländische Butterdose, die gut gepflegten Hände mit den breiten Daumen. Der Nagel des rechten Mittelfingers ist kürzer als die anderen neun.

»Hast du dir den Nagel eingerissen? Und was ist der Mont de Piété? Oh, dir fehlt dein Ring, dein Siegelring mit dem Wappen.«

»Der Mont de Piété? Eine Welt, die du nicht kennst, chérie. Aber ein Siebtel der Pariser. Es ist eine Art Barometer des gesellschaftlichen Lebens. Schlechtes Wetter heute, viel Betrieb, oder gutes Wetter, je nachdem, wie man es betrachtet. Dieser Ludwig der Sechzehnte war überhaupt nicht verrückt. Heb das Geld auf und hol Butter, Liebes, hol Butter.«

Auf dem weißen geborstenen Porzellan liegt jetzt ein Batzen goldgelber Butter. Jeans Messer sticht gierig hinein. Roliens Messer liegt neben ihrem Teller, sie zupft das weiche Weiße unter der harten Brotkruste hervor und dreht Murmeln daraus. Jean erzählt: »Ich habe neue Nachbarn, zwei Frauen und ein kleiner Junge. Das Kind hatte sich heute Morgen im dunklen Gang verirrt und konnte sein Zimmer nicht mehr finden. ›Maman!‹, rief er, ›Maman, Maman!‹ Ich öffnete meine Tür. ›Oh‹, weinte er, ›ich kann nicht mehr, ich kann wirklich nicht mehr.‹ Da stand er mit offener Hose und pinkelte auf meine Matte. Kennst du eigentlich kleine Jungs? Dass du keine Männer kennst, das bezweifle ich, aber kleine Jungs sind so lustig, so süß.«

Rolien dreht schweigend ihre Murmeln. Es sind jetzt dreizehn. Schnell die vierzehnte, bevor er weiterspricht …

»So süß und so weich. Und Schwarze? Die kennst du auch nicht? In deinem Hotel gibt es so viele.«

Nun bückt sich Jean, zieht ihr den Schuh aus und küsst ihren Fuß. »Ein Kuss von Jean ist kein Kuss von Jan und Jedermann«, sagt er. Sie ist überrascht, dass man auch Füße küssen kann. Sollte Jean sehr verliebt sein? Seine Augen strahlen durch die Brillengläser. Bei einem Mann sieht man, wenn er verliebt ist, bei einer Frau nicht. Wer hat das zu ihr gesagt?

Egal, sie hat nie darüber nachgedacht, nie darauf geachtet. Worauf geachtet?

Darauf geachtet. Jetzt liegen vierzehn Brotmurmeln auf dem ungedeckten Tisch, eine ausgehöhlte Baguettekruste und eine umgefallene leere Weinflasche. Das Bett hat eine Kuhle in der Mitte und schmuddelige Laken. Unten spielt jemand Czerny, rechte Hand, linke Hand, fünfter Finger verspielt sich. Oben klappert eine Underwood. Oder ist es eine Royal? Hastiges Tippen, Pause, Schritte.

»Der tigert«, sagt Jean.

Rolien ist im Unterrock. Jean steigt gleichzeitig aus beiden Hosenbeinen. Sein Oberhemd ist lang. Er hat dunkle Haare auf den Beinen. Die von Rolien sind glatt und schlank. Jean ruft: »Kommst du?« Er liegt unter den schmuddeligen Laken und wirft das lange Hemd in eine Zimmerecke. Jetzt ist er nackt. Ein nackter Mann liegt in ihrem Bett. Liebe, Liebe!

»Kommst du?«, ruft er wieder.

Worauf geachtet? Darauf geachtet!

»Nein, nein, ich kenne das nicht, nein, nein, du vergisst, dass ich noch ein Mädchen bin. Du tust mir weh, oh, du tust mir weh.«

Czerny, der fünfte Finger verspielt sich. Die Underwood klappert, oder ist es eine Royal? Die Kuhle im Bett wird tiefer. Eine Sprungfeder quietscht. Zwei Federn quietschen. Eine Feder gibt den Geist auf. Eine Feder quietscht allein.

»Du tust mir weh, oh, du tust mir weh!«

Worauf geachtet? Darauf geachtet!

»Du machst mich verrückt, total verrückt. Ich werde dich nehmen!«

Sind das noch gütige Augen? Das Weiß ist rot durchzogen.

»Oh, Jean …«

»Rolien, Rolien …«

Wo hört die Freundschaft auf und wo beginnt die Feindschaft? Irgendwo ganz weit weg singt ein Radio: »Je t'aime, je t'aime ...«

Irgendwo ganz weit weg muss es doch noch etwas anderes geben ...

Gegen fünf Uhr morgens wacht sie auf. Das Licht brennt noch, und auf der Rosentapete zählt sie die Hinterlassenschaften der Bettwanzen. Jean schnarcht. Ihr Arm, der unter seinem Rücken liegt, ist eingeschlafen. Vorsichtig zieht sie ihn zurück. Nicht vorsichtig genug. Jean dreht sich um. »Hast du was zu essen da?«, fragt er. »Ich habe Hunger.« Er beißt in die harte Baguettekruste. Man kann auch das Falsche essen. »Wenn ich ein anderer wäre, würde ich wieder anfangen«, sagt er, »aber ich werde dich verschonen. Mach das Licht aus, dann erzähl ich dir was. Oder hast du vielleicht Lust?«

»Ich? Oh nein, bitte nicht.«

»Willst du wirklich nicht mehr?«

»Oh Jean, ich flehe dich an ...«

»Und morgen?«

»Morgen? Vielleicht, aber ich muss doch nicht.«

»Nein, du musst nicht. Müssen, haha, müssen. Nein, nein, du musst gar nichts mit einem fremden Mann. Du kennst mich ja überhaupt nicht, du weißt nicht einmal, wie ich heiße. Ich könnte ein Freund von Le Sire de Gambais sein. Sagt dir das nichts, auch nicht, wenn ich ihn bei seinem Alltagsnamen Henri Désiré Landru nenne?« (Rolien schiebt ihre Knie unters Kinn.) »Der hatte mehr als eine Geliebte. Elf davon hat er umgebracht. Oder ich könnte mit Latercade verwandt sein. Der hat übrigens nur zwei Frauen ermordet. Eine von ihnen schrieb, bevor sie starb, mit ihrem Blut seinen Namen auf die spanische Wand. Würdest du mich auch verraten?«

Rot, rot, denkt Rolien, meine Lieblingsfarbe. Ich werde sie nie mehr tragen können. Jeans Hand legt sich jetzt um ihren Hals. Ich schreie nicht, ich schreie nicht, es gibt Nachbarn, und ich schreie nicht, denn ich kann nicht schreien …

»Für ein Verbrechen bist du nicht schön genug«, sagt er dann, »dir fehlt ›la beauté de diable‹. Ich lasse dich, ja, ich lasse dich, schau nicht so verschreckt, das steht dir nicht. Ich lasse dich, mon dieu, du gehst mir so auf die Nerven!« Jetzt steigt Jean gleichzeitig in beide Hosenbeine. Mit dem nackten Ellbogen stützt er sich auf die hohe Fensterbank. Er sagt nichts, dreht sich abrupt um, pfeift, zieht sich weiter an und geht. Die Tür fällt ins Schloss.

Rot, rot, ich habe meine Lieblingsfarbe verloren!

Wo ist Jean? Wo ist er?

Morgendämmerung über der Seine. Innerhalb von zwölf Stunden habe ich erlebt, worauf ich lange gewartet habe. Ist Angst Liebe oder Liebe Angst? Eigentlich ist nichts passiert, ich bin noch wie gestern und vorgestern, aber ich bin jetzt nie mehr allein, denn Ralien ist wieder bei mir. Ralien ist zurückgekommen. Nicht nur in die Bibliothek, sondern für immer. Sie hat heute Nacht neben meinem Bett gestanden, sie ist es gewesen, die mich zum Weinen und dann wieder Lachen gebracht hat über diese albernen, mechanischen Bewegungen meines Liebhabers. Nein, jetzt bin ich nie mehr allein. Und mein ganzes Denken und Handeln wird von nun an wieder von ihr bestimmt. Kein Wort werde ich mehr aussprechen, keine Bewegung mehr machen, ohne dass sie wieder zuhören und zusehen wird. Ralien ist wieder da.

Um zu gewinnen.

Auf der Pont Marie steht ein Mann. Ist es Jean? Ja, es ist Jean.

Jean, was machst du dort so früh am Morgen? Sie ruft, sie gestikuliert, sie winkt.

Über das Brückengeländer beugt sich ein Mann. Ist es Jean? Ja, es ist Jean.

Jean, warum breitest du die Arme aus und ballst die Fäuste?

Verstehst du das nicht, Rolien? Jean ist enttäuscht, denn du hast ihn nicht verstanden, du hast nichts davon gefühlt.

Jean, Jean, nicht springen! Ich rufe, ich gestikuliere, ich winke. Ich schwenke ein Handtuch, die Friedensfahne. Ich muss so schrecklich darüber lachen, ein wunderbares Melodram, wo ist mein Füllhalter … und als der betrübte Liebhaber nach oben blickte und des weißen, jungfräulichen Fahnentuchs gewahr wurde, zog er ehrerbietig den Hut und verließ mit langsamen, ein wenig wankenden Schritten die Pont Marie. Daraufhin zog das Mädchen den Kopf wieder von dem Fensterchen zurück, denn irgendwo, in unendlich weiter Ferne, musste es doch noch etwas anderes geben …

22
Spaziergang

Rolien lächelt: Ich gehe hier für mich allein, ich schaue und ich lausche, und meine Seele ist für Eindrücke so empfänglich wie eine Grammophonplatte für Töne.

An einem Fenster sitzt ein kleiner Junge. Mit imaginärer Seife aus einer imaginären Pfeife pustet er Seifenblasen. Die auf diese Weise entstehenden Blasen sind schöner als die wirklichen. Er folgt ihnen mit den Augen, über die Dächer, und wenn die Augen vom Spähen müde sind, pustet er wieder neue, die wiederum die anderen einholen. Eine Stimme ruft: »Ist da jemand?« Er antwortet. »Nein, hier ist niemand, die letzte Seifenblase ist mit ihm fortgeflogen.«

Ein Mädchen bittet Rolien: »Bitte, helfen Sie mir rüber, Madame, und bitte, der Puppe auch.« Ein Holzhändchen schiebt sich in ihre Hand. »Deine Puppe hat aber eine schöne Haarschleife«, sagt Rolien. Das Mädchen antwortet: »Maman macht von allen Müttern auf der ganzen Welt die schönsten Schleifen, meine Schwester, die tot ist, hat das auch gesagt. Ja, meine kleine Schwester ist gestorben. Und damals hat Maman mir diese Puppe gekauft, weil sie dieselben Haare hat wie mein Schwesterchen.«

Jungs fliegen mit Seifenblasen weg, kleine Mädchen sterben. Mütter mahnen zur Vorsicht und bemühen sich, in irgendetwas allen anderen Müttern der Welt überlegen zu sein.

Ein weißer Stock, eine Hand, eine alte Frau. »Ach Madame,

haben Sie einen Moment Zeit? Ich muss zwei Straßen weiter und möchte meinem Hund ein bisschen Auslauf gönnen.« Zwei Straßen dauern eine Dreiviertelstunde, und die Blinde erzählt eine ergreifende Geschichte von allein auf der Welt, von der schlechten Menschheit und vor allem von undankbaren Kindern. Sie beobachtet dabei Rolien mit zuckenden Lidern: »Nach meinem schwachen Augenlicht zu urteilen scheinen Sie eine positive Ausnahme zu sein. Ich suche ein Zimmer, kann ich vielleicht bei Ihnen unterkommen? Wir sind auf der Welt, um einander zu helfen, nicht wahr? Sie lehnen ab? Das ist eine bittere Enttäuschung. Seien Sie wenigstens so freundlich, für mich ein Zimmer zu finden. Und nicht zu teuer. Komm, Pomponnette, hier ist eine Metzgerei, vielleicht schenken sie dir dort was zu essen. Denken Sie noch einmal darüber nach, Madame, wenn wir uns nicht gegenseitig helfen, auf wen sollten wir uns sonst verlassen? Auf den Herrgott? Naja, Sie glauben doch sicher nicht mehr an ihn?«

Auf der Polizeiwache muss Rolien eine Formalität erledigen. Männer und junge Frauen sitzen hinter Schaltern. Die Männer in fahlen Anzügen und die jungen Frauen in grauen Kitteln. »Sind Sie Witwe, ledig oder verheiratet?« Was anderswo als ungehörige Neugier gilt, wird hier mit verkniffenem Mund desinteressiert abgefragt und mit spitzer Feder in ein Buch notiert. Verletzen diese Männer mit den fahlen Anzügen und diese jungen Frauen in den grauen Kitteln ihre Pflicht, dann werden sie vom Schalter verbannt und können am Monatsende nicht mehr mit zufriedenem Lächeln den weißen Umschlag mit dem Lohn für ihre Geduld in die Brief- oder Handtasche stecken.

Weiße Stöcke werden von verbitterten alten Damen missbraucht, hergöttliche Gefühlsduseleien ausgemerzt. Männer und junge Frauen erfragen in umgekehrter Reihenfolge die tiefsten Geheimnisse eines Lebens; sie müssen achtundvierzig Stunden pro Woche hinter einem Schalter auf einem hohen Hocker sitzen, um ein auskömmliches Leben führen zu können.

Ein Baby in einem Kinderwagen. Der glückliche Vater knipst das erste Foto. Das Köpfchen nicht zu gerade und nicht zu schief, nicht zu hoch und nicht zu tief. Jetzt kommt das Vögelchen: Da da kille kille guck guck kille Kuh! Das Baby beginnt zu schreien, und die Enttäuschung lässt Vaters Fotoapparat fallen.

Rolien betritt die Kirche St. Etienne du Mont. Zwei Beterinnen drehen sich um. Es ist eine kleine Stadtteilkirche, um diese Zeit kommen keine Fremden hierher. Wer ist bloß das Mädchen? Sie beten und drehen sich um, sie beten wieder und drehen sich wieder um, sie beten noch weiter und bleiben dann umgedreht, bis sie Rolien mit ihren Blicken vergrault haben.

Babys müssen vor allem wohlgefallen; wenn sie sich dagegen wehren, lassen stolze Väter den Grundpfeiler ihrer Liebe, ihre Besitzereitelkeit, zusammen mit dem Fotoapparat fallen. Frauen schließen einen Kirchenvertrag ab, dessen Artikel eins lautet: Zur Abwehr von Fremden ist jede Gebetsunterbrechung erlaubt.

Rolien geht in die Metro. Sie ist von warmen Körpern umringt. Ist das wirklich unangenehm? Ein Fuß tritt auf ihren Fuß. Freundlich lächelnd sagt sie zu dem Unbekannten, dass sie nichts gespürt habe. Sie sieht andere Füße auf anderer Leute Füße treten, gefolgt von anderen freundlichen Lächeln, so freundlich, als ob sie sich die Bitte verkneifen würden, es doch bitte noch einmal zu tun.

Auf der Straße hört sie ein paar nicht mehr jungen Frauen zu, von denen jede einen Abzählreim zum Besten gibt. Dann wartet sie vor einer Tür, die geschlossen bleibt. Sie beugt sich über das Treppengeländer im sechsten Stock und lässt ihre Spucke nach unten fallen, deren Aufklatschgeräusch auf dem Steinboden ihr und nur ihr allein gehört. Seltsame Sätze kommen ihr in den Sinn, wie etwa: Ich habe eine Brosche, auf der Amalia van Solms steht, oder: Ich habe Zähne mit Gold, Amalgam und Zement. Amalia van Solms erinnert sie an die Amalia van Solmsstraat und nicht die Amalia van Solmsstraat an Amalia van Solms. Dort hat sie vor langer Zeit mit Agnes vom sechsten Stock des Hauses, das Fräulein Vola gehört, Kirschkerne fallen lassen. Es war dasselbe Gefühl wie jetzt bei dem Zeitvertreib mit der Spucke. Dort roch es nach gebratenem Fleisch, hier riecht es nach Knoblauch. Es ist zwölf Uhr mittags, und Leute hasten eiligen Schritts die Treppen herauf. Hört sie die Mägen knurren? Sie lacht über dieses wörtlich genommene Bild. Ein Pelzjäckchen mit einem kleinen Gesichtchen darüber sagt mitleidig: »Pauvre«, und bleibt mit den Hausschlüsseln in der Hand stehen, um bei einem weiteren Lachanfall die Polizei zu rufen.

Wenn Fremde auf fremde Zehen treten, ergibt sich die Gelegenheit zu einer weiteren Freundschaft. Pelzjäckchen mit kleinen Gesichtchen darüber warten bebend auf eine frische Sensation.

Jetzt gibt sie ihren Regenschirm in der Garderobe der Bibliothek ab. Ein junger Mann erzählt einer bösartigen Garderobenfrau eine lange Geschichte über seine vielen unfreiwilligen Umzüge: »Überall wollte ich bleiben und überall musste ich weg, und deshalb gehe ich jetzt weg, obwohl ich bleiben möchte. Ausschließlich, um nur ein einziges Mal das zu tun, was ich eigentlich will. Was ist ein Wille, Mademoiselle? Wo wohnt unser Wille?«

»Bitte«, sagt Rolien. Wie froh die bösartige Frau ist, dass heute nicht den ganzen Tag die Sonne scheint.

Der eine lebt von der Sonne, der andere vom Regen. Wo wohnt unser Wille?

Hier steht: Salle de Travail. Mein Wille haust hinter diesen Buchstaben. Salle de Travail, Platz 113, mit meiner grünen Tinte kopiere ich diese Wörter auf ein leeres Blatt und lege sie vor mich hin.

23
Novelle

Und dann schreibt Rolien: *Kurzschluss.*

Gegen zehn Uhr erlosch im ganzen Haus ohne bekannte Ursache die elektrische Beleuchtung. Im ersten Stock war ein Mädchen gerade dabei, die magische Wirkung des Spiels zu entdecken, als sie, ganz berauscht von sich, vom Lampenlicht und dem Schrankspiegel, mit einem Schlag im Dunkeln stand. Das Spiel mit seiner magischen Wirkung ging weiter, nun war es die Dunkelheit, die diesen Rausch auslöste. Er brachte grüne Wälder, Nymphen und Schmetterlinge mit sich. Die Schmetterlinge umschwirrten sie im Rhythmus des Spiels mit den blonden Nymphenhaaren. Nachdem sich der letzte Schmetterling in dem Blondhaar verfangen hatte, war das Spiel zu Ende. Es nahm die grünen Wälder, die Nymphen und die Schmetterlinge wieder mit sich fort, aber es kehrte in jedem Dunkel, jedoch nie mehr bei Licht, von selbst wieder zurück.

Im dritten Stock rasierte sich ein Mann gerade in dem Moment, in dem das Licht erlosch. Ohne Handtuch streckte er sich auf seiner schwarzen Diwandecke aus und schloss die Augen. Als er sie wieder öffnete, sah er neben seinem Gesicht weiße Streifen. Das erschreckte ihn so sehr, dass er in eine Zimmerecke floh. Die weißen Streifen grinsten ihm hinterher, und er floh in eine andere Ecke. Nach der vierten Ecke öffnete er seine Wohnungstür und klingelte bei den Nachbarn, und anschließend bei den Nachbarn aller Nachbarn. »Haben Sie auch weiße Streifen?«, fragte er. Wo man ihm antwortete, machten sie sich über ihn lustig, wo man ihn im Korridor stehen ließ, sagte er zu sich: »Ich bin verrückt, nein, ich bin mutig, ich fliehe vor den weißen Streifen und laufe ihnen gleichzeitig nach. Es muss sie doch auch irgendwo anders geben.« Im sechsten Stock schließlich öffnete ihm ein Schwarzer. »Sie sehen es nicht im Dunkeln«, sagte er, »aber ich bin kein Weißer.« »Und die weißen Streifen?«, fragte der Mann. »Die sind hier«, sagte der Schwarze, und in der schwarzen Diwandecke grinsten ihm zwei weiße Streifen entgegen. Wieder erschrak er so sehr, dass er in eine Zimmerecke flüchtete. Aber jetzt flohen die weißen Streifen mit ihm, sie erreichten fast seine Augen. In diesem Augenblick fühlte er, dass es sich ohne Weiß im Schwarzen nicht weiterzuleben lohnte, und zugleich ging das Licht wieder an. Also kletterte er über die Fahrstuhltür und stürzte hinab.

Im fünften Stock hatte ein Schwuler zum ersten Mal in seinem Leben eine Frau bei sich, eine Frau, die etwas von ihm wollte, das er unmöglich geben konnte. Darüber dachte er nach, bis das Licht ausging. Im Dunkeln fand er bei der Frau Formen, die weder weiblich noch männlich waren, es war nichts Ertastbares, es war Stimmung. In dem Moment, als er sich aller Konkretheit entledigen wollte, um wieder genau diese Stimmung zu erleben – in der Ferne sangen bereits Stimmen, die er nimmer gehört hatte, und er roch schon einen Duft, den er nimmer gerochen hatte –, in diesem Moment ging das Licht wieder an. Am nächsten Abend liebten sich der Schwule und ein Kamerad. Das Ganze dauerte fünf Minuten, danach spielten sie bis spät in die Nacht zusammen Schach.

In einem Stockwerk, das es nicht gab, spielten Kinder Pocken. Die Blonden wurden zu spät mit einem rostigen Nagel geimpft und die Braunhaarigen rechtzeitig mit einem Stück Holzkohle bearbeitet. Als das Licht erlosch, brachen die Blonden in lautes Weinen aus. Die Braunhaarigen fühlten bereits die Weisheit des nahen Todes. Sie öffneten die Fenster und sprangen in den Schnee. Sobald das Licht wieder anging, war der Schnee geschmolzen und die Holzkohlespuren waren verschwunden. Die blonden Kinder, die sich vor Angst auf dem Boden gewälzt hatten, waren, als das Licht wieder anging, nun übersät mit schwarzen Pocken. Sie konnten ihr lautes Weinen nicht einstellen und sind weinend verhungert und verschrumpelt. Noch heute hört der Vorübergehende (wenn er sehr genau hinhört) aus dem Stockwerk, das es nicht gibt, ein leises Weinen der Blonden, die nicht an die Vorsorge, sondern an das Schicksal glaubten.

24
Liebe (Raffinement und Demütigung der)

Als sie an diesem Morgen aufstand, hat sie einen Blick auf ihre Kleiderbürste geworfen, um nach der Uhrzeit zu sehen. Dann hat sie einen zu großen Deckel auf ihre Puderdose gedreht, und während sie singend die Treppen hinunterläuft, macht sie einen Schritt, wo sie die letzte Stufe vermutet, aber keine mehr ist. Nun tritt sie aus dem Haus und rempelt dabei jemanden an; ihre Nasen stoßen zusammen, und der Abstand zwischen ihren Augen wird damit so winzig, dass er nicht mehr erkennbar ist. »Pardon«, sagen beide, und noch einmal »Pardon«. Dann gehen sie weiter. Sie hat sich umgesehen, und er steht vor einem Buchgeschäft. Er winkt ihr, möchte ihr etwas zeigen. Sie hat nicht lange gezögert. Er trägt einen blauen Pullover, und der braune Gürtel, der Pullover und Hose trennt, macht seine Taille weiblich, was sie gerührt betrachtet. Vielleicht hat sie doch gezögert, aber Ralien, die sie inzwischen von Tag zu Tag leichter erträgt, zögert nicht, und deshalb hat es nicht lange gedauert, bis sie ebenfalls vor dem Buchladen stehen bleibt. »Kennen Sie Baudelaire?«, fragt er. »Ja«, hat sie geantwortet, und ihre Augen sind von seinem Gürtel zu seinem Mund gewandert, einem spöttischen Mund, mit aufwärts gekräuselten, lachenden Mundwinkeln. »Können Sie etwas von Baudelaire zitieren?«, fragt er weiter. »Nein«, hat sie geantwortet und: »Warum sollte ich?« »Sie sehen so aus, als ob Sie ganze Gedichtbände auswendig kennen.« »Wie sehe ich denn aus?«, hat sie zurückgefragt. »Poetisch«, sagt er, »und nicht gewöhnlich, nein, ganz und gar nicht gewöhnlich. Aber wenn Sie nichts zitieren wollen, erlauben Sie mir ein paar Zeilen des Dichters zu rezitieren: ›Ich habe deine Frau gesehen, sag ich dir. Sie ist sehr hässlich, und trotzdem ist sie wunderschön. Sie ist wie alles, was wir heute lieben.‹«

»Schreiben Sie es für mich auf?«, hat sie gefragt.

»Im Stehen, oder wollen Sie sich mit mir irgendwo hinsetzen?«, sagt er. Sie antwortet: »Ich habe keine Zeit«, und denkt: Ich habe alle Zeit der Welt, vom frühen Morgen bis zum späten Abend laufe ich herum und warte auf neue Sätze.

Er hat nicht weiter gedrängt, einen goldenen Drehbleistift aus seiner Tasche gezogen und lachend gesagt: »Das Flittergold des armen Künstlers« und auf der Wand eines Gebrauchtwarenladens die Worte Baudelaires für sie aufgeschrieben. Und darunter: »... Für meine unbekannte Freundin, von Charles L., der Sie gern einmal bei sich begrüßen würde.«

Eine Straße hat immer Hausnummern, es gibt lange und kurze Straßen, es gibt weiße und schwarze Hausnummern, manchmal bleiben sie jahrzehntelang gleich, manchmal werden sie plötzlich mit roter Farbe durchgestrichen und verändert, sie werden höher oder niedriger. Die erste Nummer erscheint am Anfang und die letzte dort, wo die Straße endet. Rolien ist vermutlich mindestens hundert Mal oder noch häufiger ins Haus Nummer Neun der Straße, in der Charles L. wohnt, eingetreten, aber erst als sie zum letzten Mal das Gartentor hinter sich zuzog, fiel ihr auf, dass die Straße von Charles L. nicht bei Nummer Neun beginnt und nicht bei Nummer Neun endet, sondern dass davor und danach weitere Häuser sind und die Straße wie die meisten Straßen einer Stadt auch eine andere Straßenseite hat. Als Rolien zum ersten von den mindestens hundert Malen bei Nummer Neun der Straße, in der Charles L. wohnt, das Gartentor öffnet, fühlt sie sich leicht und froh.

Sie grüßt den Spatz, der auf einer verdorrten Blume sitzt, sie grüßt die Katze, die neben einer blühenden Geranie sitzt und dem Spatzen auflauert, sie grüßt einen Hund, der frisst und nicht bellt, sie grüßt eine Wespe, die ihr folgt. »Hau ab, Wespe«, sagt sie. Sie grüßt die Concierge, die am Herd steht, und auf diesem Herd brutzelt etwas vor sich hin.

»Monsieur Charles L.?«, fragt Rolien. »Dritte Tür rechts, aber wenn Sie kurz warten, können Sie das hier für ihn mitnehmen. Ein Süppchen von Madame Lambert, das wird ihm schmecken. Pauvre monsieur, Kunst macht selten dick.«

Der »pauvre monsieur« steht bereits in der Türöffnung. Er trägt einen chinesischen geblümten Hausmantel und an den nackten Füßen Bastpantoffeln (Größe achtunddreißig).

»Wie schick Sie aussehen«, sagt er, »wo müssen Sie hin? Gehen Sie aus? Erzählen Sie mir doch, wohin Sie gehen und wer der Glückliche ist, für den Sie sich so schön gemacht haben.« Sie stellt Madame Lamberts Süppchen neben eine Maske aus Ebenholz, die sich wiederum neben Aronstäben auf einem Glastischchen befindet. Unter dem Glas liegen Kinderzeichnungen. »Hübsch, nicht wahr«, sagt er, »Zeichnungen eines neunjährigen Mädchens. Wenn Sie sie länger betrachten, können Sie darin ihre ganzen sexuellen Phantasien entdecken.« Er beugt sich mit ihr über die Buntstiftlinien. Sie hört seinen Atem, er riecht nach süßem Lavendel. Er kommt ihr immer näher. Jetzt fühlt sie seine Hand an ihrem Rücken. Vielleicht berührt er sie gar nicht, aber ihr wird trotzdem so schwindlig, als ob er sie streicheln würde. »Wie blass Sie sind«, sagt er, »sind Sie sehr müde? Aber setzen Sie sich doch. Während Sie ausruhen, werde ich etwas für Sie spielen. Was hören Sie am liebsten?« Sie antwortet nicht.

Er schlägt ein paar Akkorde an, sie schlägt die Augen nieder. Sie braucht nicht zu lauschen, die Töne tanzen um ihren Kopf, sie lassen sich auffangen und wieder zurückstoßen, manchmal fangen die Töne ihren Kopf wieder ein. Ihr wird ganz anders zumute. Sitzt Charles L. noch am Klavier? Nein, nein, das Klavier spielt und Charles spielt mit mir. Mir ist heiß, ich möchte meine Bluse ausziehen.

Will ich das, oder er? Wer pfeift da, wer singt da? Das ist so lächerlich, er singt für mich, für mich, Rolien Kolar, die poetisch aussieht. Was für ein Gesicht muss ich aufsetzen, um trotz allem poetisch zu bleiben? Oh, ich fange an zu lachen ... er schlägt wieder ein paar Akkorde an, sie schlägt die Augen auf. Oh, Charles L., nimm mich in deine Arme!

»Kleines Mädchen«, sagt er, »ich könnte dein Vater sein. Darf dein Vater dir einen Kuss geben? Das ist schön. Sie haben kühle Wangen, und so weich. Erzählen Sie etwas von sich. Von Ihren allerersten Erinnerungen. Ich finde Sie sehr nett, ich denke, zwischen uns kann sich eine gute Kameradschaft entwickeln.«

Nein, nein, Charles L., keine Kameradschaft. Liebe, Liebe ...

»Es ist schwer, die ersten Worte zu finden. Ich war noch sehr klein, als mein Vater ...«

»Hat er Sie geschlagen und hat es Ihnen gefallen?«

»Gefallen?«

»Ja, gefallen, denken Sie genau nach.«

Sie ist noch nicht imstande, ganze Sätze zu formulieren. Er wartet und fragt: »Woran denken Sie, seien Sie ehrlich, seien Sie immer ehrlich.«

Und sie: »Mein Blut ist so langsam, dass Wachen zu Schlafen und Schlafen zu Wachen wird.« In der darauf einsetzenden Stille nimmt er ein Streichholz und zündet drei Kerzen und zwei Räucherstäbchen an. »Woran denken Sie jetzt?«, fragt er erneut.

»Wer hat das Recht, mich mein Knie beugen zu lassen?«

»Ich«, sagt er, und dann kniet sie vor ihm nieder und verbirgt ihren Kopf zwischen seinen Beinen.

So war es bei ihrem ersten Besuch. Sie kommt zitternd nach Hause. Wenn sie ihm auf der Straße begegnet, zittern ihr die Knie, und wenn sie unter einem Vorwand wieder zu ihm geht, zittern sie wieder. Sie beschäftigen sich immer mit außergewöhnlich gestalteten Büchern, mit einer Reproduktion, auf deren Details er sie aufmerksam macht, die sie sonst übersehen würde, mit einem Gegenstand, den kein anderer als er auf einer Versteigerung hätte finden können. Er muss sie nicht mehr einladen, sie kommt morgens, wenn der Tag offen und leer vor ihr liegt, um sich Mut zu holen. Sie schaut auf den braunen Gürtel und die lachenden Mundwinkel, und eines Abends trägt er eine graue Hose, die ihre Blicke magnetisch anzieht. Er ist so nett zu ihr, er sorgt dafür, dass sie die Bücher liest, die er als förderlich für ihre Bildung ansieht, dass sie in Avantgardekinos und -theater geht, dass sie nicht raucht und nicht trinkt, er ist so nett zu ihr, er lässt sie alles erzählen und alles beichten, er ist doch immer so nett zu ihr, er küsst sie schon auf den Mund, und wenn ihr schwindlig davon wird, drückt er sie gegen die Wand und schützt sie mit seinem Körper. Ach, er ist doch so nett zu ihr, er nimmt sie mit die Treppe hinauf und zeigt ihr sein Bett, ein Bett mit blauen Laken und rosa Zudecken. Und er spricht mit ihr über das Fest, das sie beide feiern werden, ein moralisch und physisch gut vorbereitetes Fest zweier bewusster Menschen.

Nein, er muss sie nicht mehr einladen, und nach zwei Monaten muss er auch nicht mehr so nett zu ihr sein. Schließlich weiß er jetzt alles von Rolien und von Ralien, sie kann ihm nichts Neues mehr erzählen, und um sie erbeben zu lassen, muss er sich keine große Mühe geben. Sie lebt in Ekstase, sie denkt, dass er sie liebt, trotz all seiner Kritik. Jedenfalls sagt er dies und jenes, er küsst und streichelt sie, aber warum überlässt er sie mit einem Mal wieder ihrem Schicksal? Manchmal öffnet er nur halb die Tür und sagt: »Ihr Freund hat heute keine Zeit für Ihre ganze

Egozentrik«, und schließt sie wieder. Dann steht sie draußen auf dem kleinen Platz und äugt durch den Vorhang, einmal hat sie noch ein zweites Mal geklopft, daraufhin hat er das Fenster geöffnet und genau wie Titi gerufen: »Aber verraten Sie mir doch mal, Rolien, haben Sie denn gar kein Ehrgefühl, ich hoffe doch, dass Sie nicht alle fünf Minuten wieder angelaufen kommen.« »Ich werde nie mehr wiederkommen«, hat sie mit fremder Stimme geantwortet, und er hat »zum Glück« gesagt. Aber das kann er doch nicht so meinen, nicht wahr? Und sie schreibt ihm einen langen Brief. Sie weiß, dass er Ralien nicht mag, er hält es für ein gefährliches Spiel, das sie mit ihrem zweiten Ich spielt, und um ihn wiederzutreffen, fragt sie, ob und wie sie Ralien töten solle. »Aber nein«, sagt er (er trägt wieder den chinesischen geblümten Hausmantel, die Bastpantoffeln (Schuhgröße achtunddreißig) an seinen nackten Füßen und wieder brennen drei Kerzen und zwei Räucherstäbchen), »wie schlecht Sie sich doch kennen. Sie können Ralien nicht töten. Das hätten Sie tun können, als Sie noch ein kleines Mädchen waren. Stattdessen haben Sie sich mit ihr und mit diesem Spiel vergnügt. Jetzt, wo sie Ihnen allmählich langweilig wird, wollen Sie sich ihrer entledigen. Aber dafür ist es zu spät. Um Ralien zu töten, müssen Sie zuerst Rolien töten. Schauen Sie doch nicht wieder so verschreckt. Ralien wird Sie schon wissen lassen, wann der Tag gekommen ist, an dem Sie verschwinden sollen. Übrigens, vor diesem Verschwinden würde ich noch gern mit Rolien das Fest feiern wollen. Oder ist sie nicht mehr daran interessiert? Doch? Wir werden zusammen alles machen, was in der Liebe erlaubt ist. In der Liebe ist nichts verboten, wenn sich zwei Menschen zueinander hingezogen fühlen. Blas die Kerzen aus, kleines Mädchen. Und komm einen Moment her. Nein, nein, umarmen Sie mich heute Abend nicht, für Kinder ist Bettzeit, und Sie müssen gleich nach Hause. Ich möchte doch nicht, dass Sie sich unnötig aufregen. Warum weinen Sie jetzt? Sie haben jedenfalls das seltsame Talent, eine Harmonie zu stören. Pauvre chérie ...«

Als sie dann wieder bei ihm ist, macht er Bemerkungen über ihr Aussehen. Ihre Nase ist schief, hat sie das schon mal bemerkt? Und ihre Nägel könnten durchaus ein bisschen gepflegter sein, ebenso ihre Kleidung. Ganz zu schweigen von ihrer Seele. »Es reicht nicht, Rolien, von den Gedanken eines anderen zu profitieren, Sie müssen eigene Gedanken haben. Ich kenne Sie jetzt mehrere Monate, und was haben Sie in dieser Zeit dazugewonnen? Nichts. Ich habe das Vertrauen in Sie verloren, ich finde Sie nicht einmal mehr nett. Es ist schade um so viel verlorene Zeit.«
»Aber zuerst war doch alles gut und schön an mir und ich hatte mehr Potential als viele andere«, wagt sie noch leise zu sagen.

»Sie sind mir zuwider«, antwortet er und beginnt sich zu rasieren. »Lassen Sie mich festhalten, ich habe mich nie nach Ihnen gesehnt, Sie waren es, die ständig unaufgefordert hierhergekommen ist.«

Sie steht bebend an der Wand, aber diesmal kommt er nicht, um sie mit seinem Körper zu beschützen. Nachdem er sich rasiert hat (seine Haut ist weiß und rosa), klopft es. Vor der Tür steht eine junge Frau. »Aber treten Sie doch ein«, sagt er. »Wie schick Sie aussehen«, sagt er, »wo müssen Sie hin? Gehen Sie aus? Erzählen Sie mir doch, wohin Sie gehen und wer der Glückliche ist, für den Sie sich so schön gemacht haben.« »Hübsch, nicht wahr«, sagt er, »die Zeichnungen eines neunjährigen Mädchens. Wenn Sie sie länger betrachten, können Sie darin ihre ganzen sexuellen Phantasien entdecken.«

Jetzt steht Rolien auf. »Das gegenseitige Vorstellen erübrigt sich«, sagt er, »die dort« (zeigt auf Rolien) »ist wie üblich gekommen, um mich zu stören.«

Und er, er öffnet die Tür.

Vermutlich ist Rolien mindestens hundert Mal oder noch häufiger ins Haus Nummer Neun der Straße, in der Charles L. wohnt, eingetreten, aber erst jetzt, als sie das Gartentor zum letzten Mal hinter sich zuzieht, fällt ihr auf, dass die Straße von Charles L. nicht bei Nummer Neun beginnt und nicht bei Nummer Neun endet, sondern dass davor und danach weitere Häuser sind, und dass die Straße wie die meisten Straßen einer Stadt auch eine andere Straßenseite hat. Sie kommt zitternd zuhause an, und weil das Zittern nicht aufhört, packt sie ein paar Bücher und Kleider in einen Handkoffer, kauft eine Fahrkarte und verlässt Paris.

25
Flucht

Sie hat auf der einsamen Wiese, wo die Vögel den Abstand der Bäume zum Wassergraben trällern, das Leben besser verstanden. Sie hat den Himmel, der blau war wie das Blau von Kinderaugen, die sie mit ihren Fingern streicheln möchte, ganz nah an die einsame Wiese herankommen sehen. Sie weiß jetzt, dass das, was Horizont ist, im Grunde nichts anderes ist als Berührung. Es gibt einen Horizont zwischen den beiden Mündern, die sich eine Öffnung teilen, es gibt einen Horizont zwischen den beiden Körpern, die sich einander verliebt nähern. Horizont ist überall, wo die Vögel den Abstand der Bäume zum Wassergraben trällern, wo Worte den Abstand zwischen zwei Menschen besingen. Sie ist zu der Stunde in den Wäldern gewandert, in der Nacht und Tag verschmelzen. Sie ist dem Mond gefolgt und ein paar Sternen. Sie hat sich im Tau verkrochen, bis sich die ersten Streifen der Sonne in flammendem Rot bewegten. Wenig später ist sie mit der Sonne mitgelaufen. Nein, die Sonne ist nicht mit ihr mitgelaufen, denn sonst hätte das Gestirn sie vermutlich von allem Irdischen befreit. Aber so hat sie Rolien nicht eine Zehntel-, nicht einmal eine Hundertstelsekunde von dem lösen können, was ihre Füße am Boden hält. Einzig in diesem einen Augenblick, in dem ihre Füße nichts mehr berührten, ist sie eins mit dem Wald gewesen. Deshalb ist sie über den Pfad gesprungen, so hoch und so weit sie konnte. Ein Hirsch ist scheu an ihr vorbeigestrichen, und ein Eichhörnchen hat sie von einem Baum aus beobachtet. Sie ist gesprungen, ja, bis sie nicht mehr konnte und müde ins Moos fiel. Und als sie ihre

Augen schloss, um noch einmal eins mit dem Wald zu sein, vermischten sich in ihren Gedanken Dichtung und Wahrheit, sieht sie wieder die unreifen und die überreifen schwarzen Brombeeren, die überall im Land zu finden sind. (Die reifen Brombeeren vergisst sie.) Sie schmeckt wieder den süßen Saft. Bisher hat sie beim Gedanken an Brombeeren immer diese lackierten Beeren vor Augen gehabt, die einen Hut zieren oder auf einer Brosche kleben. Genauso geht es ihr, wenn sie an ein Gemälde denkt, das sie kennt, dann erinnert sie sich an die Reproduktion und nicht an das Bild. Doch bei Blumen sieht sie keine Kunstblumen. »Nein, Rolien«, sagt Ralien, »so tief bist du noch nicht gesunken.« Nun sucht sie, noch immer mit geschlossenen Augen, rundherum nach Blumen, pflückt sie und legt sie sich auf Schoß und Brüste. Dann denkt sie an das kleine Dorf Sept Vents, in dem sie gestern war, und flüstert: »Weshalb die sieben Winde, eine stillere Landschaft hab ich nie gesehn, auch keine schönre …«, sie denkt an die hohe Hotelterrasse, wo sie rote Limonade getrunken hat. Rot, rot, ihre Lieblingsfarbe, sie hat sie wiedergefunden: die schmächtige Bedienung, die seltsamen Gäste, deren Füße schüchtern herunterhängen, blasse Füße in geflochtenen Leinenschuhen. Septemberabend, ein letztes Sonnenlicht streift über die Terrasse, ein weiter Himmel und Grün in allen Farbtönen, alle Grüntöne in Feld und Wald …

Was schlängelt sich da über mein Bein? Sie springt auf, die Blumen fallen ihr von Schoß und Brüsten. Eine Natter, eine Natter! Sie läuft durch den Wald, Angst allüberall, sie läuft zu den hohen Farnen, sie läuft in die hohen Farne, bis das Grün sie umfängt. So bin ich gestorben, denkt sie, jetzt die Augen schließen und unter dieses Grün fallen, aber ihre Hände schieben doch die hohen Farne beiseite.

Jetzt flieht sie wieder, doch nicht mehr vor der Natter, jetzt flieht sie vor einer Ralien, so rüde, so roh, wie sie sie nie gekannt hat. Sie flüchtet über Zäune aus Stahldraht, und unter Zäunen aus Stacheldraht durch. Sie flüchtet an Kühen und Arbeitern vorbei, an Pflügen, Eggen, Hügeln und Kindern und Bauernhöfen. Am Zaun eines Bauernhofs hängt ein weißes Schild: »O. Le Brun hat einen Stier, fünfzehn Francs pro Deckung.« Welches Wort beginnt mit O, und habe ich noch fünfzehn Francs? Da lacht Ralien so laut und gemein, und jetzt ist es mit einem Mal nicht mehr Ralien, es ist Charles L.: » … Ha, ha, ha, immer das Gleiche, Sie sind nur bei solchen Dingen, Sie können an gar nichts anderes mehr denken.«

… Charles L. … Charles L. … warum verleumdest du mich so? Ich werde dich nie mehr grüßen können. Ich werde an dir vorübergehen wie ich an diesem Baum vorübergehe, zitternd, wie ich an diesem Baum vorübergehe, zitternd, immer zitternd. Doch erhobenen Hauptes. Regen fällt auf ihre Stirn, auf ihre Schuhe, kleine Tröpfchen, sie geht weiter, immer weiter. Der Regen macht sie froh, sie summt alle Regenlieder, die sie kennt. Jetzt ist sie auf einer Straße, wo alle hundert Meter ein Fähnchen steht: ein Zweig mit einem aus einem Schulheft gerissenen Blatt. Sie liest die in großen, kindlichen Buchstaben geschriebenen Diktate, darunter steht: 9, gut so, Pierre; 4, besser aufpassen, Gisèle. Dann läuft sie hin und her, versetzt die »Ungenügend« ein Stück zurück und die »Gut« nach vorn, bringt dieselben Noten zueinander.

Der Regen tropft, aber bei diesem Spiel hat sie wieder alles vergessen: die Natter und Raliens Stimme, die eigentlich die von Charles L. war. Als sie genug hat, will sie sich irgendwo hinsetzen. Doch der Boden ist nass. Da kommt ein Lastwagen. »Darf ich mitfahren?«, fragt sie. »Natürlich«, sagt der schwarze Mann, »aber dann musst du mir helfen, auf die Fähnchen zu achten. Denn überall, wo eines steht, muss ich Kies aus dem Wagen kippen.« Sie lacht fröhlich, es ist lange her, dass sie so gelacht hat. Wer so lachen kann, muss nicht mehr zittern. Sie hat gezittert, weil sie nicht mehr so hat lachen können. Und sie erzählt ihm von dem Fähnchenspiel. Er stimmt ins Lachen ein und sagt: »Dann suchen wir die Löcher, wo die Fähnchen waren.« Er schaut nach links, sie nach rechts. »Bonjour, Fahne«, ruft er, »du gehst mich nichts mehr an. Hier ist ein Loch.« »Und da«, ruft sie. »Und hier«, ruft er wieder. Und: »Nom de dieu, es gibt mehr Löcher als Fähnchen.«

Sie ist ein ziemliches Stück von ihrem Dorfgasthof entfernt. Ein Mann hat Zeit, ihr von seinem Leben zu erzählen. »Meine Frau war vier Monate krank, dann ist sie gestorben. Und ich arbeite für einen Lohn, von dem man Hunger kriegt, wenn man noch keinen hat. Schau, in so einem Wagen habe ich meine Frau zu ihrem Grab gebracht. Sie war zu gut für diese Gegend. Eine Nachbarin hat sie vor Gericht gezerrt, weil wir keine Kinder bekamen. Noch heute beschuldigt sie mich, dass meine Frau daran gestorben sei. Man muss dem Leben auf dem Land gewachsen sein. Komm, lass uns ein Glas Wein trinken, dann vergessen wir diese traurige Geschichte. Wo kommst du denn her, Kind? Und kennst du den Bois d'Amour zehn Minuten weiter?« Jetzt muss sie sich verteidigen, nur weil sie eine Frau ist. Auch in einer regennassen Jacke mit triefnassen Haaren und einem glänzenden Gesicht kann sie ihr Geschlecht nicht ausklammern. Nach dem dritten Glas steigen sie wieder in den Lastwagen, und er bringt sie bis zur Auberge du Cheval Blanc. »Auf Wiedersehn!«, ruft er, »hilfst du mir morgen wieder beim Kiesstreuen?« »Gut, um drei, an derselben Stelle«, sagt sie.

Als es Morgen ist und sie ihren Nachttopf in *Pour dames* auf dem Hof leeren will (hinter ihr grunzt ein Schwein und eine Katze reibt sich an ihrem Bein), während sie in dem Plumpsklo einen Moment innehält und die Gerüche von Menschen, Tieren, Bäumen und Blumen sie an das schönste Gedicht erinnern, das sie je gelesen hat, an Rimbauds »Die siebenjährigen Dichter«, ruft die Bäuerin mit einem Mal: »Mademoiselle, ein Telegramm für Sie!«

Sie lässt den Eimer fallen und liest: »Vater ernstlich erkrankt, erwarten dich. Mutter.«

Nun nimmt sie Abschied von der bekleideten Madonna in der kleinen Kirche, von dem Mann mit der Warzennase, von dem Schausteller ohne Beine, von der Uhrmacherfamilie mit den sieben Kindern und von dem schwachsinnigen Söhnchen des Bäckers. Der knöpft auch jetzt wieder seinen Hosenschlitz vor ihr auf und stammelt: »Bua, bua, schau, schau«, und sie knöpft ihm die Hose wieder zu, küsst ihn auf sein farbloses Haar und denkt: Das ist das Spielzeug der Schwachsinnigen, Naiven und Raffinierten, das Spielzeug, von dem Grobes, Feines, Törichtes, Vernünftiges, Armut und Reichtum ihren Ausgang nehmen.

Dann packt sie ihre Bücher und Kleider wieder in den Handkoffer, kauft eine Fahrkarte und verlässt das Dorf. Aber sie hat auf der einsamen Wiese, wo die Vögel den Abstand der Bäume zum Wassergraben trällern, das Leben besser verstanden.

26
Erlösung

»Bitte leise klingeln, Krankheitsfall«, steht an der Tür des Elternhauses. Bisher hat sie wenig über ihren Vater nachgedacht, sie hat dieses Telegramm, obwohl sie sonst kein Misstrauen kennt, dennoch für einen Schachzug gehalten, um sie zum Zurückkommen zu bewegen. Ein Jahr lang ist sie jetzt weg gewesen, sie hat ihr Geld als Modell an einer Zeichenakademie verdient, für Buchhändler Besorgungen erledigt und ist Hilfskraft eines Fotografen gewesen. All diese Beschäftigungen waren nur von kurzer Dauer, weil ihr der Vater, auch ohne dass sie eine Bergsonpassage zitierte, regelmäßig Geld schickte. In den letzten Briefen, die sie erhalten hat, drängte er, aber vor allem die Mutter, darauf, dass sie, bevor ein neuer Herbst anfing, nach Hause kommen solle, um Agnes' Beispiel zu folgen und zu arbeiten oder wenigstens etwas zu lernen, womit sie künftig ihr Geld verdienen könne. Sie hat darauf nicht geantwortet, fest entschlossen, sich irgendwas zu suchen, womit sie in Paris unabhängig bleiben könnte.

Ein Jahr ist sie weg gewesen, und als sie vor der Haustür steht und diese Worte liest, rutscht ihr die Hand von der Klingel. Sie nimmt ihren Koffer und kehrt um. Wohin? Sie schaut nach oben, alle Fenster sind geschlossen, aber die Rollos sind noch nicht heruntergelassen. Dahinter warten Mutter, Agnes und Mieke auf den Tod. Sie erinnert sich nicht, ihren Vater je im Bett gesehen zu haben, er ist nie krank gewesen, und wenn sie ihrer Mutter guten Morgen sagte, beugte er sich bereits über seine Bücher. Jetzt wird der Vater sterben. Aber kann der Tod denn durch diesen Schleier von Weisheit dringen, der ihn umgibt? Oder war dieser Tod schon längst in diesen Schleier von Weisheit aufgenommen? Wird es also anstelle eines Kampfes ein resignierendes Sichfügen geben? Und warum will sie dann nicht hineingehen?

Sie will doch wissen, was das ist, der Tod. Sie will den Tod sehen, sie will den Tod berühren. Wovor fürchtet sie sich dann noch? Jetzt klingelt sie. Im Flur riecht es nach verwelkten Blumen und Medikamenten. »So, bist du endlich da«, sagt Mieke, »du scheinst es nicht besonders eilig gehabt zu haben, du kommst im letzten Augenblick. Vater ist noch bei Bewusstsein, aber es wird nicht mehr lange dauern. Ich habe mich schon von ihm verabschiedet, mich macht es krank, wenn ich ihn noch länger ansehe. Hast du mir was mitgebracht?«

Rolien antwortet: »Ich hatte keine Zeit mehr, etwas für dich zu kaufen. Ich habe mich wohl beeilt, aber ich war nicht in Paris.«

»Warst du mit einem Freund unterwegs? Raus mit der Sprache! Es tut dir gut, du hast tatsächlich ein bisschen zugenommen.«

Dann kommt die Mutter herein. Die Angst, dass ihr etwas genommen wird, das ihr gehört, ein Leben, das sie mit ihrem Leben vermengen konnte, das sie von sich wegstoßen, verstehen und pflegen wollte, aber nicht begriffen und sie gequält hat, die Angst vor dem abwegigen Wunsch, dieses Leben für sich (und nicht für ihn) mit ihrem eigenen Blut zu retten, hat auf ihr stolzes Gesicht den düsteren Schatten des Liebesbewusstseins gelegt. Sie umarmt Rolien, fragt nichts, und schweigend gehen sie nach oben.

Der Vater merkt nicht, dass sie neben seinem Bett steht. Er liegt mit offenen Augen da und atmet hörbar. Dann fragt er: »Wo ist Rolien?«

»Hier, Vater«, sagt sie.

»Ich seh dich wohl, mein Kind«, antwortet er, »aber du bist nicht allein. Was macht der Mann dort neben dir?«

»Sie ist wirklich allein«, flüstert die Mutter.

»Nein, nein«, sagt er und richtet sich auf, »dieser Mann neben dir, Rolien, den will ich nicht, verstehst du? Den will ich nicht.« Dann fällt er in die Kissen zurück.

»Komm zu mir, Rolien«, sagt er ein wenig später, »ich werde dir Geld geben. Nimm alles aus meiner Brieftasche, dann kannst du wieder nach Paris zurück. Du hast mich nie geliebt, nicht wahr?«

»Doch doch, Vater«, sagt Rolien bewegt, »ich konnte nur nicht ...«

»Nein, nein, keines meiner Kinder hat mich geliebt. Wenn du ein Junge gewesen wärst, hättest du besser verstanden, wie sehr ich dich geliebt habe. Nur Mutter und ich haben einander geliebt. Das ist lange her, aber jetzt ist ein neuer Anfang, jetzt wird alles wieder wie früher. Komm her, Lucie, ich werde dir die Worte von Epiktet zitieren, denn ich will nicht, dass du traurig bist. Höre ... Hebst du ein Glas, so sage dir: Ich hebe ein Glas, es ist mir gegeben und kann mir wieder genommen werden. Bricht es, dann wirst du kein Leid fühlen. Hast du einen Freund, so sage dir: Ich habe einen Freund. Er ist mir gegeben und kann mir wieder genommen werden. Stirbt er, dann wirst du kein Leid empfinden.«

»Agnes«, fragt er noch, »wo ist Mieke?« Und dann noch: »Rolien, als du ein kleines Mädchen warst, da wollte ich dich ...«

»Es ist zu Ende«, sagt der Arzt.

»Ich muss mit dir reden«, sagt Ralien am Abend, als sie wach im Bett liegt.

Rolien versteckt den Kopf unter der Decke.

»Nein, nein«, antwortet sie, »nicht heute Abend. Reicht es nicht, dass der Tod im Haus ist, reicht es nicht, dass ein Wattebäuschchen unter Vaters Nase über Leben und Tod entschieden hat? Reicht es nicht, dass ich seine Seele aus dem Körper habe fliehen sehen, dass ich gesehen habe, dass der Körper nichts als eine Hülle ist? Der Körper, den wir jahrelang versorgen, verwöhnen, durch den wir anziehend oder abstoßend sind, dem wir nicht entfliehen können, der uns aber ohne weiteres von einem Augenblick zum nächsten im Stich lassen kann? Reicht es nicht, dass ich seine kalten Füße in meine Hände genommen habe, ohne sie wärmen zu können?«

»Nein, das reicht nicht«, sagt Ralien, »gerade weil der Tod hier im Haus ist, will ich mit dir reden. Er hat zuerst deinen Vater besucht, jetzt ist er immer noch da, um dich zu zwingen, Rolien zu töten. Ich sterbe zusammen mit dir. Das wird dich nicht weiter wundern, unsere Verschmelzung hat schließlich schon vor langer Zeit begonnen. Du erinnerst dich sicher noch, wie ich zuerst nichts war als eine Stimme, die Sätze diktierte, dann habe ich dich vor einer Schublade Tanzstundenverbeugungen machen lassen, in schwierigen Momenten habe ich dich verschluckt, und Popul hat dich dann wieder befreit. All das ist der Grund dafür, dass du jetzt noch so große erschrockene Augen hast. Ja, erschreckt habe ich dich jedes Mal, aber nie so sehr, dass du ernsthaft versucht hättest, mich endgültig loszuwerden. Für dich war es zu bequem, nicht allein zu sein, du warst feige genug, um dich einen Großteil deines Lebens hinter mir zu verstecken. Für eine erwachsene Rolien gibt es keine Möglichkeit, so weiterzuleben. Du hast mich töten wollen, aber denke an die Worte von Charles L.: Um Ralien zu töten, müssen Sie zuerst Rolien töten. Und Ralien wird Sie wissen lassen, wann der Augenblick gekommen ist, an dem Sie verschwinden müssen …

Dieser Tag, Rolien, ist jetzt gekommen. Aber keine Angst.

Denn ich bringe dich zu dem stillen Horizont, von dem du in Gedichten liest, über den du Gedichte schreibst, in denen dich das Irdische verlässt, wo du weder Hände noch Augen fühlst, weder Mund noch Blut. Wo du träumen kannst, den ewig schönen Traum vom Nicht im Nichts.«

Sie hat ihre Bücher und Kleider wieder in den Handkoffer gepackt, hat eine Fahrkarte gekauft und ist nach Paris zurückgekehrt. Sie hat in einem kleinen Restaurant etwas gegessen. An einem Tisch mit einer roten Decke saß ein Mönch in einer braunen Kutte. Er hat alle Schälchen, die um ihn herumstanden, leergegessen und das Licht um ihn herum ausgetrunken. Und so geht der Tag zu Ende. Sie hat allein drei Desserts verspeist, hat ihren Handkoffer zurückgelassen und ist am Kai spazieren gegangen. Ein Mann mit Vogelkäfigen war gerade dabei, die Vögel auf einen Handwagen zu verladen. Sie hat einen großen Käfig geöffnet und ist schnell weggelaufen. Sie hat die Flüche des Mannes gehört, die sie verfolgten, und hat einen roten Vogel in den goldenen Baum fliegen sehen. Auch der Mann vom letzten Bücherstand wollte gerade schließen, als sie für zwei Francs fünfzig hundert alte Ansichtskarten und Postkarten kauft. Dann hat sie sich auf eine Bank gesetzt und begonnen, die Ansichtskarten zu betrachten und zu lesen. Schließlich hat sie nur noch die Texte gelesen: 3. August 1900. Cornelia und ich sind überglücklich und senden Ihnen unsere besten Grüße aus diesem schönen Ort.

31. Dezember 1899. Ich übermittle Ihnen Gottes Segen zu Ihrem neunundachtzigsten Geburtstag. Möge Gott Sie noch viele Jahre behüten. Ihr Urenkel.

4. Juni 1903. Alphonsina, diese Taube überbringt Ihnen meine Grüße, glauben Sie, mich eines Tages lieben zu können?

Undatiert. Marie für unheilbar erklärt. Ihr tiefbetrübter Ehemann.

Sie ist jetzt mit der Vergänglichkeit allen irdischen Glücks und gesegneten Alters, mit Erwartung und Schmerz vertraut. Das Ende von allem ist doch der Tod.

»Oh Titi«, sagt sie, »oh Titi, ich habe dich geliebt ...« Dann ist sie am Wasser entlang weitergegangen, und niemand hat sie jemals wiedergesehen.

FINIS

Paris, Saint-Martin-des-Besaces, Courtalain St. Pélerin

NACHWORT

Rolien Kolar beginnt zu schreiben, als sie das Interesse an ihren Puppen verliert. *Die Kinder von Frau Staphorst* soll ihr Meisterwerk heißen, und durch das ganze Werk leuchtet ihre Bewunderung für »das Fräulein«, ihre Grundschullehrerin. Noch bevor das Mädchen den ersten Buchstaben zu Papier bringt, imaginiert sie bereits die begeisterten Rezensionen.

»Wie liebenswert skizziert die Autorin, selbst noch ein Kind, diese Kinder.«

»Rolien Kolars Karriere begann zwischen Kohlenkisten.«

Es ist verlockend, den Debütroman von Josepha Mendels im Zusammenhang mit dem Leben der Autorin zu sehen; denn auch sie schrieb nach eigener Aussage als Kind über die Kinder von Frau Staphorst, und ja, Spielkameraden hat sie sich ebenfalls erfunden. Ein bisschen Berühmtheit wäre ihr auch nicht ungelegen gewesen, der Frau, die noch – mit weit über siebzig – ihr Debüt als Schauspielerin erlebte. Und ist die Verbindung mit Berthe Edersheim, der Malerin, mit der sie einen Großteil ihres Lebens verbrachte, nicht doch ein Hinweis auf Homosexualität? Schließlich hegt auch die Erzählerin Rolien in *Rolien & Ralien* verdächtig warme Gefühle für ihre Lehrerin!

Doch das wollen wir jetzt nicht weiter verfolgen, obwohl das Leben der Autorin an sich durchaus Romanformat hat (wunderbar beschrieben von Sylvia Heimans in *Josepha Mendels – het eigenzinnige leven van een nietnette dame*), wir wollen uns stattdessen *Rolien & Ralien* ansehen, mit einem wohlverdienten Exkurs zur literarischen Leistung der Autorin. Nicht, weil es eine Schande wäre, Schriftsteller und Werk miteinander in Verbindung zu bringen – wer meint, alle Geschichten schwebten als fix und fertiges Paket im Kosmos herum, ohne dass ein Schriftsteller dessen Inhalt womöglich mit seinem Leben verknüpft, den möchte ich an die Zeit erinnern, als Autoren tot zu sein hatten, bevor man sie als Schriftsteller anzuerkennen erwog –, sondern weil es eine Schande wäre, ein Buch wie dieses, mit einem solch großen universalen und literarischen Wert, so eindimensional zu betrachten, als wäre es der autobiographische Bericht über das Leben einer Person, wie interessant diese Person auch immer sein mag.

Mendels muss ein gutes Gedächtnis gehabt haben oder sie hat nie die sinnliche Erfahrung von Kindern vergessen, wobei ich ihrer Prosa mit meinem Versuch, sie in Worte zu fassen, wohl nicht gerecht werde; »Kinder« – das klingt so banal. Aber das muss ihr erst einmal einer nachmachen. Wie einem Akrobaten, oder nein, wie einem versierten Schriftsteller gelingt es ihr, genau die Grenze zwischen Nichtverstehen und Verstehen zu finden. Die stille Verwunderung eines Mädchens, das wohl bemerkt, dass etwas nicht stimmt mit einem erwachsenen Notar, der sie küsst, aber sich nicht erklären kann, warum er das tut, und deshalb schweigt. Eine allzu innige, klettenhafte Mädchenfreundschaft. Die allmähliche Erkenntnis, dass die Mutter nicht nur Mutter ist, sondern auch Mensch. Ach, diese Erwachsenen, mit ihren grotesken Knien, den Stupsnasen mit Einblick und mit Regeln, die nur für Kinder gelten – für alle Kinder, als ob alle gleich wären. Lieb, dumm und süß. Rolien ist nicht süß. Sie ist ein aufgewecktes und – seien wir ehrlich – seltsames Mädchen, das einen Aufsatz über »eingeschneite Puppen« und über »Schneemänner« schreibt und dabei zu der Schlussfolgerung kommt, dass Puppen nicht erfrieren und (leider) auch keine Kinder kriegen können.

Nicht gut, schlussfolgert die Lehrerin. Talent fürs Schreiben sei vorhanden, das werde sie später anerkennen, aber »Tod wie Geburt sind keine Aufsatzthemen für elfjährige Mädchen.«

Sie soll erwachsen werden, während gleichzeitig von ihr verlangt wird, es nicht zu sein, das ist es, was der armen Elfjährigen widerfährt. Als sie dann ein paar Jahre später ein Kinderheft kauft, ist sie wiederum plötzlich zu kindisch. Sie kann es auch niemandem rechtmachen.

Mendels schreibt auf die Sekunde, auf die Millisekunde, immer dann, wenn es um das wahrnehmende Kind geht. Beispielsweise ist der Moment, in dem das Mädchen Rolien (inzwischen in Begleitung ihres gebieterischen und sehr poetischen Alter Ego Ralien) ihre Lehrerin besucht, ein literarisches Meisterwerk in der Wiedergabe von Eindrücken; das Bild des »Fräuleins« zerfällt in tausend Scherben (ich musste an die Zeit denken, in der man glaubte, Fräuleins und Lehrer lebten in der Schule, und wenn man ihnen mit Ehemann oder Kind auf der Straße begegnete, war es, als sähe man eine offene Wunde oder einen nackten Po), auch wenn der Scherbenhaufen wieder zusammengesetzt wird – das Fräulein Balto hat eine Wohnung, einen Liebhaber, vierzehn Locken, einen rosa Unterrock, Arme und »merkwürdig dunkles Haar in den Achselhöhlen«. Gleichzeitig wird offengelegt, was in diesen wenigen Augenblicken in Rolien alles vor sich geht: Was hat das mit dem Kuss des Notars zu tun, warum fühlt auch das sich ein bisschen verboten an, woher um alles in der Welt kommt dieser Drang, ihre Lehrerin zu küssen? Wie wunderschön ist doch dieser rote Hausmantel, wie gut passt er zu Fräulein Baltos rosa Keksen!

Damit ist die Geschichte aber nicht zu Ende: Rolien wird älter. Und damit verschiebt sich – zumindest für mich – die Leseerfahrung vom atemlosen Wiedererkennen einer Kindheit, obwohl sich die von Rolien Jahrzehnte vor meiner eigenen in den achtziger Jahren abspielt, hin zu Verwunderung. Sind bei dieser Rolien nicht ein paar Schrauben locker? Würden wir ihr heutzutage nicht ein ordentliches DSM-Label aufkleben, etwas wie Schizophrenie oder kognitive Dissonanz? In der Kindheit wird einem ein imaginärer Freund noch verziehen, logisch, und obwohl es schon ein bisschen sonderbar ist, mit einem Phänomen wie »Popularität« einen fast atmenden Charakter zu verbinden, lässt sich das in Anbetracht der noch unfertigen Synapsen rechtfertigen. Problematisch wird es erst, wenn diese Freunde immer wieder auftauchen, sich nicht mehr verstecken lassen. Aber ist Rolien auf der anderen Seite nicht einfach eine Künstlerseele in einer Zeit, in der von Frauen erwartet wurde, keine Künstler zu sein? Man sehe sich nur die Novelle über den Kurzschluss an. Ob sich damit alles rechtfertigen lässt? Rolien, diese wunderliche Rolien geht gefährlich in den Menschen ihrer Umgebung auf, sie hat keine gute Hand bei der Auswahl der Typen – man kann fast Verständnis für einen groben Klotz wie Charles aufbringen, der rücksichtslos deutlich macht, dass er sie und ihre flammende Liebe nicht mehr in seinem Atelier haben möchte. Denn sie ist schon aufdringlich …

Hilfe! Kenne ich eine Rolien? Bin ich eine Rolien? Muss das die Frage sein, die man sich beim Lesen eines Buches stellt? Nein. Nein, nein, nein. Vergessen Sie beim Lesen nicht nur die Autorin, sondern auch sich selbst. Staunen Sie über die Sätze und lassen Sie sich einfach auf dieses Buch ein. Oder, wenn Sie noch ein winziges Restchen von sich in die Geschichte hineinzwängen möchten (auch der Leser ist nicht tot, wagen Sie es nicht) – dann lassen Sie zu, dass Ihnen dasselbe widerfährt wie der kleinen Rolien. Fühlen Sie, dass nicht jeder so ist wie Sie und dass andere Leben mitunter grotesk und nicht zu fassen sind, selbst wenn man diese Leben berühren und begreifen möchte. Aber eine gute Schriftstellerin, und Mendels ist ganz gewiss eine, kriegt das hin. Ordentlich auf Papier gedruckt, zwischen zwei Buchdeckeln. Und Sie, die Leser, können Ihre Nase hineinstecken wie in die Falten eines roten Hausmantels.

Roos van Rijswijk

Lesen Sie weiter

Giulia Caminito *Ein Tag wird kommen* Roman

Eine italienische Familiengeschichte in Zeiten des aufkeimenden Faschismus, ein politischer Roman über Schuld und Anarchie, Widerstand und unverwüstliche Hoffnung – in einer Sprache, so zärtlich-rau wie die Liebe zwischen zwei Brüdern.

Aus dem Italienischen von Barbara Kleiner
Quart*buch*. Gebunden mit Schutzumschlag. 272 Seiten

Marina Frenk *ewig her und gar nicht wahr* Roman

Kann man sich totstellen, um der sicheren Erschießung zu entkommen? Einen Fluch unschädlich machen, indem man die Tür verriegelt? Den Abschied vergessen und Gefühle auf Leinwand bannen? Kira erzählt ihre Familiengeschichte. Eine Geschichte von Aufbrüchen und Verwandlungen, von Krokodilen und Papierdrachen.

Quart*buch*. Gebunden mit Schutzumschlag. 240 Seiten

Eva Roman *Pax* Roman

Was es bedeutet, aneinander zu hängen und voneinander abzuhängen: Nachdem seine Eltern verschwunden sind, wird Pax von Tante Beatrix adoptiert. Unter den Blicken der Nachbarn, Mitschüler und Kollegen verzahnen sich Tante und Neffe förmlich, doch die Leerstellen zwischen ihnen wachsen mit der vergehenden Zeit.

Quart*buch*. Gebunden mit Schutzumschlag. 240 Seiten

Sara Mesa *Quasi* Roman

Von außen ist das Versteck zwischen Büschen und Bäumen nicht zu sehen. Jeden Tag begegnen sich dort ein junges Mädchen und ein deutlich älterer Mann. Die magnetische Geschichte einer Beziehung, die nicht vorgesehen ist – und ein doppelbödiger Roman, in dem vieles anders ist, als es scheint.

Aus dem Spanischen von Peter Kultzen
Quart*buch*. Klappenbroschur. 144 Seiten

Niederländische Literatur

Martin Michael Driessen *An den Flüssen* Erzählungen

Drei Flüsse schlingern durch Landschaften, sie verlassen ihr Bett, sie schwellen an, sie tragen Fracht. Sie mäandern durch die Leben der Menschen – auf dem Wasser, an den Ufern.

Aus dem Niederländischen von Gerd Busse
SVLTO. Rotes Leinen. Fadengeheftet. 144 Seiten

Josepha Mendels *Du wusstest es doch* Roman

Josepha Mendels führte ein für damalige Verhältnisse beispiellos unabhängiges Leben und setzte mit der Figur der Henriëtte allen frei denkenden, fühlenden und handelnden, ebenso verrückten wie lebensklugen Frauen ein Denkmal.

Aus dem Niederländischen von Marlene Müller-Haas
Quart*buch*. Gebunden mit Schutzumschlag. 192 Seiten

Wytske Versteeg *Boy*

Ich kann nicht mehr. Den Zettel mit seinen letzten Worten deponiert der schöne, stille Boy in der Manteltasche seiner Theaterlehrerin. Als sie ihn findet, ist es längst zu spät.

Aus dem Niederländischen von Christiane Burkhardt
WAT 755. Broschur. 240 Seiten

Andreas Burnier *Knabenzeit*

Der autobiographische Roman der in den Niederlanden kanonisch gewordenen Autorin beginnt an einem Frühlingstag zu Kriegsende.

Aus dem Niederländischen von Waltraud Hüsmert
WAT 759. Broschur. 112 Seiten

Klassiker bei Wagenbach

Moische Kulbak Der Messias vom Stamme Efraim

Moische Kulbak erweckt in seinem 1924 erstmals erschienenen Kurzroman die alte litauisch-jüdische Welt eindrucksvoll zu neuem Leben.

Aus dem Jiddischen und mit einem Nachwort von Andrej Jendrusch
Oktav*heft*[8]. Elegante Klappenbroschur. 144 Seiten

Denton Welch Freuden der Jugend

Sommerferien an der Themse können eine Erfüllung sein, wenn man sein Internat hasst und eine Obsession für verwilderte Gärten, Antiquitätenläden und Pfirsich-Melba hat. So wie der sensible Orvil Pym mit seinem Freiheitsdrang und seiner Liebe zu ungewöhnlichen Spaziergängen.

Mit einer Empfehlung von Edith Sitwell
und einem Nachwort von William S. Burroughs
Aus dem Englischen von Carl Weissner
Oktav*heft*[8]. Elegante Klappenbroschur. 176 Seiten

Jiří Weil Leben mit dem Stern

»Einer der herausragendsten Romane über das Schicksal der Juden unter den Nazis. Ich kenne keinen vergleichbaren.« Philip Roth

Aus dem Tschechischen von Gustav Just
WAT 825. Broschur. 256 Seiten

Djuna Barnes Solange es Frauen gibt, wie sollte da etwas vor die Hunde gehen? 8 Portraits

Acht Portraits von selbstständigen, selbstbewussten und unabhängigen Frauen, die »leichter eine Gewohnheit durchbrechen, als eine annehmen«.

SVLTO. Rotes Leinen. Fadengeheftet. 96 Seiten

Klassiker bei Wagenbach

Roberto Arlt Die sieben Irren

Wuchtig wie ein Kinnhaken: Roberto Arlts eindrucksvolles Porträt revolutionärer Gewalt und des politischen Wahns der zwanziger Jahre – in einer sorgfältig neu bearbeiteten Übersetzung.

Mit einem Nachwort von Ricardo Piglia. Aus dem argentinischen Spanisch von Bruno Keller, neu bearbeitet von Carsten Regling
Okta*vheft*[8]. Elegante Klappenbroschur. 320 Seiten

Natalia Ginzburg Die kleinen Tugenden

Die schönsten Texte, von der großen italienischen Autorin selbst zusammengestellt. Wie es zugeht unter Menschen, die sich gernhaben, aber in schwierigen Zeiten leben. Und warum man die großen Tugenden den kleinen Tugenden vorziehen soll.

Aus dem Italienischen von Maja Pflug
SVLTO. Rotes Leinen. Fadengeheftet. 160 Seiten

José María Arguedas
Der Fuchs von oben und der Fuchs von unten

Am Ende ist der Autor tot. Das letzte Buch von José María Arguedas ist ein einzigartiger, existenzieller Roman des Abschieds: von einer geliebten Landschaft und einer verschwindenden Kultur.

Aus dem peruanischen Spanisch von Matthias Strobel
Mit einem Nachwort von Marco Thomas Bosshard
Okta*vheft*[8]. Elegante Klappenbroschur. 320 Seiten

Wenn Sie mehr über den Verlag und seine Bücher wissen möchten, schreiben Sie uns eine Postkarte oder elektronische Nachricht (mit Anschrift und E-Mail). Wir informieren Sie dann regelmäßig über unser Programm und unsere Veranstaltungen.

Verlag Klaus Wagenbach Emser Straße 40/41 10719 Berlin

www.wagenbach.de vertrieb@wagenbach.de

Die niederländische Originalausgabe erschien unter dem Titel
Rolien en Ralien erstmals 1947 und erneut 2017
bei Uitgeverij Cossee in Amsterdam.

Das Foto auf dem Umschlag stammt von Annelise Kretschmer (1903–1987 in Dortmund), geborene Silberbach, in der Weimarer Republik eine der ersten Fotografinnen mit eigenem Porträtstudio. Die Meisterschülerin von Franz Fiedler und Vertreterin der Neuen Sachlichkeit publizierte in wichtigen Zeitungen und Zeitschriften und nahm gegen Ende der 1920er Jahre an internationalen Fotoausstellungen teil. Als Tochter eines jüdischen Vaters musste sie in der Zeit des Nationalsozialismus Anfeindungen und den Ausschluss aus der »Gesellschaft Deutscher Lichtbildner« über sich ergehen lassen. Das Werk der Fotografin erlebt nun mit neuen Ausstellungen und Katalogen eine Renaissance.

Der Verlag dankt der Dutch Foundation for Literature
für die freundliche Unterstützung der Übersetzung.

Nederlands letterenfonds
dutch foundation
for literature

Emser Straße 40/41, 10719 Berlin www.wagenbach.de

Umschlaggestaltung Julie August unter Verwendung einer Fotografie
von Annelise Kretschmer (Käthe Kollwitz Museum, Köln)
© Christiane von Königslöw.
Gesetzt aus der Kennerley Old Style.
Umschlagmaterial von Salzer Papier, St. Pölten.
Einband und Vorsatzmaterial von peyer graphic, Leonberg.
Gedruckt auf Schleipen und gebunden bei Pustet, Regensburg.
Printed in Germany.

ISBN 978 3 8031 3326 7